国家古籍整理出版专项经费资助项目

章培恒 安平秋 马樟根 主编

王维集

邓安生 等 导读
倪其心 审阅

中华文史名著精选精译精注·全民阅读版

凤凰出版社

图书在版编目（CIP）数据

王维集 / 邓安生等导读. -- 南京 : 凤凰出版社, 2020.8
（中华文史名著精选精译精注 : 全民阅读版 / 章培恒, 安平秋, 马樟根主编）
ISBN 978-7-5506-3155-7

Ⅰ. ①王… Ⅱ. ①邓… Ⅲ. ①唐诗—诗集 Ⅳ. ①I222.742

中国版本图书馆CIP数据核字(2020)第062970号

书名	王维集
导读	邓安生 刘 畅 杨永明
责任编辑	张永堃 兰淑坤
书籍设计	徐 慧
出版发行	凤凰出版社(原江苏古籍出版社) 发行部电话025-83223462
出版社地址	南京市中央路165号,邮编:210009
出版社网址	http://www.fhcbs.com
照排	凤凰零距离数字印前中心
印刷	苏州市越洋印刷有限公司 苏州市吴中区南官渡路20号 邮编:215104
开本	880毫米×1230毫米 1/32
印张	8.125
字数	167千字
版次	2020年8月第1版 2020年8月第1次印刷
标准书号	ISBN 978-7-5506-3155-7
定价	42.00元 (本书凡印装错误可向承印厂调换,电话:0512-68180638)

目录

导读

一

王维，字摩诘，祖籍太原祁（今属山西）。生于唐武后圣历二年（699），卒于肃宗上元二年（761）[①]。父处廉，官终汾州司马，后移家居蒲州（治在河东，即今山西永济），所以王维籍贯为蒲州河东，因居京师，又称京兆人。

王维少年时就工诗善画，并通晓音乐，有较高的艺术素养。十五岁时所写《题友人云母障子》诗："自有山泉入，非因彩画来。"已能说明他胸中有自然丘壑。他二十

① 按王维生卒年，史载有误（详后）。《旧唐书》本传云："乾元二年七月卒。"《新唐书》本传云："上元初卒，年六十一。"又近人谭正璧《中国文学家大辞典》云："乾元二年(759)卒，年六十一。"按乾元二年，年六十一不误。但据清代赵殿成《右丞年谱》考证，王维实卒于上元二年（761），则年六十三。又《王缙传》："建中二年（781）卒，年八十二。"则缙（王维之弟）生于公元 700 年，维如卒于上元二年年六十一，则生于公元 701 年，反小缙一岁。故今暂以上元二年年六十三计，当生于公元 699 年（唐武后圣历二年）。王维始为宁王客，作《息夫人》诗原注年二十，是未中进士语。又维集有二首省试题，一为《清如玉壶冰》，一为《秋日悬清光》，则开元九年（721）王维中第年二十三，非二十一，也无不合，姑订如上。

岁前就已写出《九月九日忆山东兄弟》《洛阳女儿行》《西施咏》《桃源行》等名篇，这些诗有的表现出了积极用世的思想。

入长安后，得到岐王李范的赏识，待为上客。开元九年（721），王维二十三岁，中进士第，任太乐丞。在任因伶人舞黄狮子一事受到牵连①，贬为济州（治在今山东茌平西南）司仓参军。开元十二年（724），裴耀济为济州刺史，王维和他相处很好。开元十四年（726）冬裴在治理了大水灾后调任，次年春王维也回到长安。

返长安后，曾来往于两宗之间。王维自己信奉南宗，开元十七年（729），曾拜南宗道光禅师为师②，这时他年约三十余。王维先隐终南（在长安南），在东都嵩山也有他隐居的地方。王维母亲师事河东人北宗普寂禅师。禅师开元前受命传教先在河东，后才入京，又到嵩山。据王维《请施庄为寺表》，说他母亲师事普寂三十余年，为母经营辋川，则当在开元二十二年（734），年近四十作右拾遗前。辋川别业地属蓝田，在终南山东麓，与终南别业是两个地方③。

开元二十二年（734）冬，张九龄作中书令，擢王维为右拾遗。他有《献始兴公》诗说："感激有公议，曲私非所求。"表示自己任职是按照公正的标准，而不是曲徇私人关系。

开元二十四年（736），张九龄被贬为荆州长史，李林甫任中书

---

① 黄狮子舞只能为皇帝表演。

② 王维《大荐福寺大德道光禅师塔铭并序》写于开元二十七年（739），文中说师事道光禅师十年。

③ 一说王维诗中的终南别业即辋川别业，参见陈允吉《王维"终南别业"即"辋川别业"考》（《文学遗产》1985 年第 1 期）。

令。李林甫排斥异己，又宠用蕃将，这是唐王朝由盛转衰的开始。王维在《寄荆州张丞相》诗中也表示有退隐的意思，说："方将与农圃，艺植老丘园。"但他旋即奉使出塞，以监察御史衔参河西节度使崔希逸幕府，一直到了凉州。崔希逸击破吐蕃，意在保卫河西走廊①。王维此行写了不少意境宏阔、气势雄浑的边塞诗。之后王维返回长安。开元二十八年(740)，年四十二，又以侍御史兼殿中身份出知南选。由汉水经襄阳，开元二十九年(741)春天吊孟浩然，暮春经巴峡途中他写下了气象宏伟的《汉江临眺》《晓行巴峡》诗。

天宝元年(742)，王维四十四岁，又任左补阙，后迁库部员外郎，可能又迁郎中②，他的官职始终在六七品上徘徊。李林甫排斥张九龄所用的人，提拔所宠苑咸、郭慎微等新进，官都在王维之上。王维晚年的《与魏居士书》中说："君子以布仁施义活国济人为适意，纵其道不行，亦无意为不适意也。苟身心相离，理事俱如，则何往而不适。"持这种消极哲学，所以他对李林甫等持退让态度。这段时间内，诗作趋向消极。《重酬苑郎中》诗说："仙郎有意怜同舍，丞相无私断扫门。扬子《解嘲》徒自遣，冯唐已老复何论。"《酬郭给事》："强欲从君无那老，将因卧病解朝衣。"又《积雨辋川庄作》："野老与人争席罢，海鸥何事更相疑。"虽是写辋川野居，但也含有素甘隐退无须猜忌的意思。不过他并未完全消极，天宝四载(745)，玄宗册封杨太真为贵妃。约在此时，王维有《早朝》诗云："方朔金门侍，班姬玉辇

---

① 此出朝廷意旨，崔希逸认为是背盟，自己有责，因此心怀抑郁而病死。

② 据维诗自注及苑咸答诗序都写库部员外郎，《旧唐书》本传只记他为库部郎中，或自员外郎迁。

迎。仍闻遣方士，东海访蓬瀛。”就是一首委婉而明显的讽喻诗。天宝十载(751)，安禄山诱杀不少奚、契丹人，玄宗任他兼河北道采访处置使，王维有《送陆员外》诗[①]：“万里不见虏，萧条胡地空。无为费中国，更欲邀奇功。”讽喻安禄山杀戮太过，中原人力物力损失也大。

任库部员外郎或郎中后，曾丁母忧。天宝十一载(752)，五十三岁。杨国忠做右相兼文部(原吏部)尚书，王维官文部郎中[②]。本年李林甫死去。迁文部郎中后，王维的诗风又变得清新活泼，如《敕赐百官樱桃》《同崔员外秋宵寓直》等诗。约在天宝十三载(754)，升任给事中。十四载(755)，安禄山反，陷东京，次年玄宗逃入蜀，六月叛军攻入长安，王维因扈从不及，为叛军所执。但王维服药泻痢，伪装喑哑。然后被缚送洛阳，囚于菩提寺。至德二载(757)，两京收复，王维年五十九。由于《凝碧池》一诗，又其弟王缙愿以官赎兄罪，故得以免罪，降为太子中允，不久便擢升太子中庶舍人，又拜给事中。乾元二年(759)，年六十一，转为尚书右丞。上元二年(761)七月去世，卒年六十三。

王维自贼中回长安后，精神就得到了安慰，相当振奋。至德二载(757)，严武为京兆少尹，乾元元年(758)春，王维有《晚春严少尹与诸公见过》，诗云：“自怜黄发暮，一倍惜年华。”同时又有《和贾舍人早朝大明宫之作》，与左拾遗杜甫、右补阙岑参同和。他的诗同贾至、杜甫、岑参一样，仍有盛唐气象。

---

① 陆从尚书省，出参安禄山军事。

② 据《敕赐百官樱桃》诗自注：“时为文部郎中。”按未言迁升，《旧唐书》本传只写吏部郎中，或天宝十载左右已迁吏部。

上元二年(761),他最后的作品有《送邢桂州》①,有“明珠归合浦,应逐使臣星”语。《送杨长史赴果州》也写于上元二年,又有《送梓州李使君》。杨指杨济,李指东川节度使、遂州刺史李叔明,杨济为果州刺史、李叔明移镇梓州均在上元二年。可见《旧唐书》本传说王维“乾元二年卒”不对。这三首诗艺术上已非常成熟,将旅途山水和风土民俗结合在一起,是他临终前五律的杰作。

二

王维思想折中于儒家和禅学之间,也融有老庄思想。他有积极用世的一面,也吸取禅学无可无不可的处世哲学,及进退无往而不适意的老庄精神。他借取禅宗不脱离“有”而言“无”的理论,尽管他认为一切终空无,力求心地静寂去尘欲,却仍然正视现实。不过他舍迹原心,像《息夫人》《李陵咏》,都持这种态度。所以他对李林甫、杨国忠也勉强周旋,而对遭其贬逐的张九龄等又都有诗相送或寄赠。最后安禄山反时,他被迫受伪署,而又托喑痫不肯出仕。所以他虽有妥协性,但大体上还是盼望恢复唐王朝的。杜甫《奉赠王中允维》有“共传收庾信,不比得陈琳”语,在《解闷》诗中也有“不见高人王右丞,蓝田丘壑蔓寒藤”的悼念。所以我们分析王维的诗,要统观他的心迹和思想,吸其精华而批判他消极和力求妥协的部分。

王维早期诗,仍没摆脱六朝、初唐习气,但所表现出的思想还是

① 据《旧唐书·肃宗本纪》,上元二年以邢济为桂州都督兼桂管防御都使。

倾向于进取的。像《洛阳女儿行》："谁怜越女颜如玉，贫贱江头自浣纱。"反映朝廷用人重门第，轻贫贱。《燕支行》有立功边塞的思想。这些七古，多拟初唐，用典很多。如《桃源行》，形同拟古，很少新意。但《九月九日忆山东兄弟》清新自然，已有自己的风格。

入长安后，多与王公贵戚交游的生活，使他写了不少近乎宫体的诗。但《从岐王过杨氏别业应教》和《寒食城东即事》已显示出艺术独创能力，如"兴阑啼鸟换，坐久落花多"，写时间和情兴的暗暗转移，已臻妙境。后一首写唐开元时两京士女游春盛况，即景即情，也是出自感兴的清新笔墨。

贬济州后，诗境随之大变。在旅程中，王维眼界大开，一路上的山光水色、风土民俗才和他胸中的诗情画意结合起来。由于体验真切，落笔自然，所以艺术成就渐高。由于是贬官，所以诗的结尾往往含蓄写出前途难测的隐忧。这期间的代表作有《早入荥阳界》《宿郑州》《渡河到清河作》等，这些古诗虽还有建安、六朝的印痕，但描绘山川、井邑、田园、渔商、田父、牧童……富有生趣，未尝不是用诗笔写出的清新的山水城乡画卷。

到济州后，代表作是《齐州送祖三》，是一首有唐人特点的古体诗。全篇写悲欢聚散之快、笑泣转化之急，尽入画中。"天寒远山净，日暮长河急"，是殷璠所着重称道的句子。

开元十五年(727)归长安途中，有《寒食汜上作》，正值暮春三月，春深如海，落花啼鸟，感慨万千。此后隐居以待时机，又新奉南宗禅学，参得禅悦，诗也进入写独特山水意境的阶段。《归嵩山作》有云："流水如有意，暮禽相与还。荒城临古渡，落日满秋山。"得陶诗之自然，结句则有惆怅情怀。入终南后好诗渐多起来，心情不再为得失所牵，如《终南山》写山势的广大、山色的变幻，使人深入忘返。结句“欲投人处宿，隔水问樵夫”，恰能证明适才的忘我。这种深入艺术观照的忘我境界，也得益于禅悦。《终南别业》：“行到水穷处，坐看云起时。偶然值林叟，谈笑无还期。”也是同一机杼。又如《山居秋暝》写主体的清新感受，月影、水声相映成趣，闻竹喧知是浣女归来，见莲动想见渔船正下，一切都很自然适意。结句不拘泥于旧意，写尽不管春芳已谢、秋天也可爱当留的情怀。《过香积寺》也是信步入山，悠然而游。这都有赖于他无处不可适意的思想。

迁辋川后，似乎对仕途不抱希望，别有会心在山林泉石之间。这可以描写山水小景的《辋川集》为代表，如《鹿柴》：“空山不见人，但闻人语响。”写深山独往，心远人世，但又有人语回响的乐趣。又如《栾家濑》：“跳波自相溅，白鹭惊复下。”很自然地写出山中生态之美。但他之意也不纯在山水，如《辋川闲居赠裴秀才迪》结句“复值接舆醉，狂歌五柳前”，以五柳自居，用接舆比裴迪，除寒山、秋水、落日、孤烟外，更多的是写山中人的逸兴。《辋川闲居》中也写自己“时倚檐前树，远看原上村”，结句写看望隐居的友伴“寂寞於陵子，桔槔方灌园”，同上首结构层次相似。他写山水时，也间有田园作品。如《春中田园作》：“持斧伐远扬，荷锄觇泉脉。”《田家》：“饷田桑下憩，旁舍草中归。”他在游览、旅行时也常顾及田园，如《渭川田家》《宿郑州》等，都可见出他对田园的浓厚兴趣。

开元二十三年(735)官右拾遗后，王维诗风又有一大变化。他的边塞诗气势豪迈，如《使至塞上》，自“单车欲问边”起就笔力爽健，构景雄浑，结句“萧关逢侯骑，都护在燕然”，我军胜利和征途尚远的意思双关，含有不尽之味，充分表现出盛唐气象。而《凉州赛神》《凉州郊外游望》等作，则使边塞风土充溢生气。这时所写送人赴边诗，也都很悲壮，如《送平淡然判官》：“黄云断春色，画角起边愁。”《送张判官赴河西》：“沙平连白雪，蓬卷入黄云。”写尽大漠风光的雄奇、荒凉。另外，《出塞作》《观猎》也是人们传诵的名作。在此决定他艺术成就的主要还是生活和他思想中的积极意识，就这方面的成就来讲，他也不愧为著名的边塞诗人。他奉使知南选时，诗写得仍然气象宏阔，如《汉江临泛》：“郡邑浮前浦，波澜动远空。”气势壮伟，有过于孟浩然的“气蒸云梦泽，波撼岳阳城”。

最后应着重提到的是他的讽喻诗。早期自济州还长安后，王维写的五古《华岳》就代表民意，要求玄宗还长安。《酌酒与裴迪》：“白首相知犹按剑，朱门先达笑弹冠。”愤世嫉俗之意，溢于言表。天宝五载（746）所写的《早朝》诗，则含蓄地反映了玄宗的荒淫废政。安禄山滥杀奚、契丹，王维有《送陆员外》诗表示不满。就是《出塞作》“居延城外猎天骄”一首，首先写当时对方军情，也是为了叮咛朝廷防卫的。他当拾遗、御史时，虽未写下什么谏章，但也有“知祢不能荐，羞为献纳臣”（《送丘为落第归江东》）之类的诗句。王维的送人诗也写得很出色，都能表现出离别时的深情厚意和劝勉之意。如《送魏郡李太守赴任》：“故人离别尽，淇上转骖骓。”《送綦毋潜落第还乡》：“既至君门远，孰云吾道非？”《送梓州李使君》：“文翁翻教授，不敢倚先贤。”以上是王维诗可称道的主要方面。

三

王维诗有很高的艺术成就。具体而言，是：

一、王维诗的画意。晁补之云："右丞妙于诗，故画意有余。"苏轼说："味摩诘之诗，诗中有画；观摩诘之画，画中有诗。"诗画虽然相关，但诗侧重抒情，自不能不比画显露。画摄取原本静止的片段，其动态在于神传意会。而诗中的画意，便较易表现动态。说王维诗中有画，似更符合他的特点。如《寒食汜上作》："落花寂寂啼山鸟，杨柳青青渡水人。"后一句就完全入画。又如《终南山》："分野中峰变，阴晴众壑殊。"是最难着笔又分阴晴向背的青绿山水画，加上"欲投人处宿，隔水问樵夫"，则人物的动态，也入画意。他许多诗中的断句，画意更浓。《青轩诗缉》说："'远树带行客，孤城当落晖'，'带'字、'当'字极佳。非得画中三昧者，不能下此二字。"这一联确是画出了孤城独拥斜阳、行人依稀可见的景色。

落日景色，也是王维诗具有画意所不可少的特征。黄昏时光影变幻，景色丰富，显示出浓郁的生活气氛，所以格外引起诗人的注意。《使至塞上》："大漠孤烟直，长河落日圆。"是写边塞的难以企及的古诗艺术典型。《送邢桂州》："日落江湖白，潮来天地青。"整个宇宙仿佛已被白光青色充满，完全是一幅色泽鲜明的画卷。而《辋川闲居赠裴秀才迪》："渡头余落日，墟里上孤烟。"《归嵩山作》："荒城临古渡，落日满秋山。"都高度艺术地再现了落日时的风光。在王维看来此时是画意诗情最浓的时刻之一。王维诗中的画意，多是很萧散得自天趣的。但有时也写壮阔的风光，如《渡河到清河作》："天波忽开拆，郡邑千万家。"水天相接处又闪现出新天地。《汉江临泛》的"山色有无中"更入画家三昧。

王维诗中的画意不仅画出风景，有时也融入风土人情。像《白石滩》写道："清浅白石滩，绿蒲向堪把。家住水东西，浣纱明月下。"《早入荥阳界》："渔商波上客，鸡犬岸旁村。"《晓行巴峡》："水国舟中市，山桥树杪行。"《送杨长史赴果州》："官桥祭酒客，山木女郎祠。"《凉州郊外游望》："婆娑依里社，箫鼓赛田神。"都是描绘风土人情的出色画幅。这表明他的兴致是多方面的，写诗也是多角度的。

二、王维诗的禅意。用我们的话说，实际上就是他所写山水诗多持澄心观照的审美态度，往往达到忘我程度。这时他的禅学修养已经潜移默化于他对自然美的观照中。如写入终南，直写到"欲投人处宿，隔水问樵夫"，又如《终南别业》也是深入到审美的忘我境界中，随兴而往，并不作经心的描写，最后写"偶然值林叟，谈笑无还期"，物我两忘，自己也在客观观照之中。正如王夫之所说："右丞工于用意，尤工于达意。景亦意，事亦意，前无古人，后无嗣者。"①所以他大多数山水诗是从审美观照中取得喜悦和适意的。如《鸟鸣涧》："人闲桂花落，夜静春山空。月出惊山鸟，时鸣春涧中。"极度静谧的山中，只有桂花纷纷落地，由于太静了，月亮出来竟然惊动了山鸟，于是空谷中断续有几声鸟鸣。这瞬间的动态又生出无限的静感。正如皎然所说："静，非如松风不动，林狖未鸣，乃谓意中之静。"王维

① 《唐诗评选》卷三。

参禅悟到妙处时曾说:“一悟寂为乐,此生闲有余。”(《饭覆釜山僧》)他的诗中多描写这种闲静的乐趣。它所呈现的境界近乎禅悦,但不是其本身就是“禅”。可见,禅寂,经过王维这位大艺术家智慧头脑的处理,已变为一种艺术观照,一种审美态度。

因此我们可以说王维诗已经达到了“不知何者为我,何者为物”的超然境界。除对自然作澄心观照的一类诗外,就连《使至塞上》《观猎》《出塞作》等也都作客观描写,人物景色宛然在目。这一点和孟浩然大不相同。孟诗如《与诸子登岘山》:“江山留胜迹,我辈复登临。”《听郑五愔弹琴》:“予意在山水,闻之谐夙心。”《晚泊浔阳望庐山》:“泊舟浔阳郭,始见香炉峰。”这些诗都是表现主体强烈的游赏感情,而不是纯写客观之景,同王维诗把主观意图融入对客体的审美观照中是迥乎不同的。这不仅因为王维善于从静观自然中体会美趣,也是他的诗往往和禅境、画境相近的缘故。

三、王维诗的体制及特色。除淡泊的山水画意诗之外,他也有着色浓郁的诗。如《春园即事》:“开畦分白水,间柳发红桃。”《木兰柴》:“彩翠时分明,夕岚无处所。”《辋川别业》:“雨中草色绿堪染,水上桃花红欲然。”《山居即事》:“嫩竹含新粉,红莲落故衣。”《田园乐》:“桃红复含宿雨,柳绿更带朝烟。”都是丰缛鲜明,诗中更多地表现愉快心情,别成一格。

如就古、律体裁而论,王维的才能也是多方面的。他近体诗以五律见长。他的五律纯以自然为宗,无论山水、边塞。高棅《唐诗品汇》列他的五律为正宗。他的五绝也很出色,施补华《岘佣说诗》讲:“其间‘空山不见人’‘独坐幽篁里’‘木末芙蓉花’‘人闲桂花落’四首尤妙。”而《杂诗》三首则近似晋宋民歌。

七律，王世贞《艺苑卮言》推为最上，其实成就不及五律。《和贾舍人早朝大明宫之作》诗：“九天阊阖开宫殿，万国衣冠拜冕旒。”以气象胜。《酬郭给事》：“禁里疏钟官舍晚，省中啼鸟吏人稀。”《辋川别业》：“不到东山向一年，归来才及种春田。”以淡泊自然胜。《积雨辋川庄作》，笔势奇崛。《酌酒与裴迪》一气呵成，慷慨顿挫。《出塞作》：“居延城外猎天骄，白草连天野火烧。”则很豪壮，有挥斥八极之慨。

七绝也是他所擅长的，为数不多，但篇篇警炼，著名的如《渭城曲》为千古送行绝唱。又《送沈子福归江东》：“惟有相思似春色，江南江北送君归。”情致、景色融合无间。边塞作则有《少年行四首》，“相逢意气为君饮，系马高楼垂柳边”，很有盛唐气象。全为对仗的诗有《戏题辋川别业》：“藤花欲暗藏猱子，柏叶初齐养麝香。”

古诗一般不如近体，但五古有不少可和五律相媲美。如《终南别业》《渭川田家》《春中田园作》等，都是接近五律诗境的。至于送别长篇五古如《送魏郡李太守赴任》《送从弟蕃游淮南》《送綦毋校书弃官还江东》《奉寄韦太守陟》等，不但感情真挚，而且景物清空。他五古不同于五律的地方在于将主体的思想感情明显地表露在诗中。如《送綦毋潜落第还乡》：“吾谋适不用，勿谓知音稀。”《送张五归山》：“当亦谢官去，岂令心事违！”而《蓝田山石门精舍》则是学谢灵运，比较清新自然。《赠裴十迪》又得陶诗的风韵。《冬日游览》则学鲍照的《东门行》。所以他的五古部分还有六朝陶谢等的痕迹，长篇雅正厚重，但嫌词费。

七古，高、岑、王、李曾并称。实际王维的七古不及高、岑和李颀。他的许多七言古诗，没有打破初唐用典习气。部分长短参差的七言古诗，则还有自己的创造。

他还有部分骚体诗和一首颇为精工的四言诗（《酬诸公见过》）。宋代朱熹曾认为王维的骚体诗可取。这些诗是学《九歌》的，虽能见出多方面的才能，却不是他独到的成就。

四、王维诗的艺术想象力和艺术描写。被苏轼所称道的“山路元无雨，空翠湿人衣”，体物入微。“坐看苍苔色，欲上人衣来”，颇见其敏锐的艺术感受。《辋川集》中的“椒浆奠瑶席，欲下云中君”（《椒园》），“吹箫凌极浦，日暮送夫君。湖上一回首，山青卷白云”（《欹湖》），全是《九歌》境界。送人诗也多精细的想象，如《送李太守赴上洛》：“野花开古戍，行客响空林。”《送秘书晁监还日本国》：“鳌身映天黑，鱼眼射波红。”即使是描写边塞、山水的即目之作，也未尝不以丰富的想象力，捕捉倏忽万变的景象。像《游悟真寺》“草色摇霞上，松声泛月边”，便是游山时捕捉到的很美的想象。

王维刻画山水静态，又总是注意到自然景物的动态，相反相成，自有奇趣。如《青溪》：“声喧乱石中，色静深松里。”《过香积寺》：“泉声咽危石，日色冷青松。”都写得有声有色，相映成趣。又如《谒璿上人》“高柳早莺啼，长廊春雨响”，《送李判官赴江东》“树色分扬子，潮声满富春”，都分别写出了自然生态中的光色声响。此外，他有时也写出了自己所体验到的理趣。如《游感化寺》“谷静惟松响，山深无鸟声”,《田家》“多雨红榴折,新秋绿芋肥”,《观猎》“草枯鹰眼疾,雪尽马蹄轻”,都有物理在内。他有时喜用数字表情景,使气象宏大。如《送丘为落第归江东》“五湖三亩宅,万里一归人”,《送杨长史赴果州》“鸟道一千里,猿啼十二时”,《送刘司直赴安西》“三春时有雁,万里少行人”,空间之广,时间之长,情意之深,都能概括无遗。他也较爱用叠字增强表现力,七言如“漠漠水田飞白鹭,阴阴夏木啭黄鹂”,五言如“欣欣春还皋,淡淡水生陂”。这些都能见出王维诗艺术描写功力是相当高的。

四

王维诗,后人最重视的是他的山水之作。由于长期的贬谪与隐居,兼之具备画家的素质与禅学的修养,他对山水有着较高的审美感受力,笔下的山光水色达到了与自然契合无间的程度。写得好的,气象万千,除了盛唐,难以企及。但不少山水诗写得过于静寂,也有些流露出消极情绪。如《辋川集》第一首《孟城坳》就表现出物无常主的消极思想。这些我们必须注意到。

作者性格是多方面多层次的。所以环境顺利时,就能写出豪放爽朗的边塞诗与《汉江临泛》等。失意时就写出与苑咸等唱和,及“雨中山果落,灯下草虫鸣”的消极诗篇。他的消极诗篇特别是游寺院、想“无生”的诗,更应批判。讽喻诗应予肯定。但王维处于社会急剧变革时期,关心社会政治的诗毕竟太少,自是缺乏远见深识。至于应制诗多没有什么意义。他也曾为李林甫写过颂诗,在僧院则大念其“无生忍”，不但诗意索然，也看出他并未真正体会到禅学的“无生”。叹老嗟卑的作品，也是有一定毒害的。这些都是我们阅读时所应注意的糟粕。

五

本书选王维诗百余首，加以注译，以今译为主，题解则帮助读者理解他的诗。选篇编排上以体裁为次，一体之中，又以写作时代先后为次。选篇、题解、注译工作由邓安生、刘畅、杨永明三位同志担任。本书曾经古籍整理委员会专家审定，多所指正，特表感激之忱。

王达津

酬诸公见过[1]

此诗大约作于王维丁母忧后，所以说“哀此孤生”。四言诗至汉魏作者渐少，作品多质木呆板，而王维这首诗却可以算是比较成功的作品，有的地方受了嵇康、陶渊明诗的影响。诗的开头写作者孤独的隐居生活，诗中说到作者躬耕南亩，其中“晨往东皋，草露未晞。暮看烟火，负担来归”，以四言体写农家生活，韵味不减陶渊明的“晨兴理荒秽，带月荷锄归”。写景细腻传神、优美如画。这首诗采用三句一换韵的方式，并以平仄韵交错使用，造成了音律上的回环之美。写朋友游赏用平声韵，显出轻快的节奏；写朋友离去后的情景则用仄声韵，表现心情的抑郁沉重，声韵的使用也充分地为诗的内容服务，取得了较好的效果。谭元春在《唐诗归》中评此诗说：“四言诗字字欲学《三百篇》，便远于《三百篇》矣，右丞以自己性情留之，味长而气永。”道出了王维这首诗的特色。

① 见过：来拜访，探望。题下原注：“时官未出，在辋川庄。”

嗟余未丧[1]，哀此孤生。屏居蓝田，薄地躬

耕。岁晏输税[2]，以奉粢盛[3]。晨往东皋，草露未晞[4]。暮看烟火，负担来归。我闻有客，足扫荆扉[5]。箪食伊何[6]，副瓜抓枣[7]。仰厕群贤[8]，皤然一老[9]。愧无莞簟[10]，班荆席藁[11]。泛泛登陂[12]，折彼荷花。净观素鲔[13]，俯映白沙。山鸟群飞，日隐轻霞。登车上马，倏忽雨散[14]。雀噪荒村，鸡鸣空馆。还复幽独，重欷累叹[15]。

---

① 未丧：指母死而自己孤居苟活。据《旧唐书·王维传》载：王维妻子死后不再续娶，独身生活三十多年。又丁母忧，无父曰孤，无母曰哀，有时不分。 ② 岁晏：年底。晏：晚。 ③ 粢盛（zī chéng）：盛在祭器里的谷物。此指用祭父母。 ④ 晞（xī）：晒干。 ⑤ 足：足足地，彻底地。 ⑥ 箪（dān）：竹制的容器。 ⑦ 副（pì）：剖开。抓（guā）：扑打。 ⑧ 仰厕：谦词，仰望、厕身，皆恭敬貌。 ⑨ 皤（pó）然：发白貌。 ⑩ 莞（guān）：植物名，俗名“席子草”，此指莞草编制的席子。簟（diàn）：竹席。 ⑪ 班荆：铺垫开荆条。席藁（gǎo）：以藁草为席。藁：同“稾（稿）”，稻麦之类的秸秆。 ⑫ 陂（bēi）：池泽。 ⑬ 净：心无杂念。素鲔（wěi）：白色的鲔鱼。⑭ 倏（shū）忽：转眼间。雨散：像雨点一样分散开。谢朓《和刘中书绘〈入琵琶峡望积布矶〉》诗：“朋僚多雨散。” ⑮ 欷（xī）：叹息。累：重复、屡次。

翻译

叹息我还苟活着，
悲哀这孤独余生。
隐居在这蓝田山，
薄田自己来耕种。
年底缴纳完赋税，
供上五谷祭祖宗。
清晨去东原垅亩，
草上夜露还未干。
黄昏看见炊烟起，
挑着担子把家归。
听说将有客人来，
赶忙尽力扫柴门。
竹篮装着啥瓜果？
剖开新瓜打鲜枣。
夹杂处在群贤中，
鬓发斑白我已老。
惭愧没有草竹席，
铺开荆条垫稻草。
荡起轻舟泛陂池，
采折下那红莲花。

静静观看白鲔鱼，
俯身影映在白沙。
山鸟成群结伴飞，
夕阳隐入淡晚霞。
朋友纷纷登车马，
顷如云消和雨散。
鸟雀声喧闹荒村，
鸡啼寂寞悲空馆。
又陷入幽静孤独，
止不住欷歔长叹。

鱼山神女祠歌二首[①]

这两首骚体诗是王维任济州司仓参军时所作。诗中描写了当地民间祭神的场面，深受楚辞《九歌》的影响，其中原始神秘的祭神场景的描写与缠绵悱恻的情调相融合，表现了一种凄艳哀婉的风格，与《湘君》《湘夫人》等篇尤为相近。《迎神曲》写迎神的箫鼓歌舞和期待的幽情，而《送神曲》写神女似语不语、将去未去的情景，形象感人，颇有《洛神赋》的情韵。结句"倏云收兮雨歇，山青青兮水潺湲"，境界优美，余味不尽，与"曲终人不见，江上数峰青"（钱起《省试湘灵鼓瑟》）同一意趣。

① 鱼山：《太平寰宇记》十七："东阿县有鱼山，一名吾山。"东阿县开元时属济州。神女：即成公智琼。魏嘉平年间，济北郡从事掾弦超与神女成公智琼来往，后来事情泄漏，智琼就不再来了。五年后，弦超赴洛阳经过鱼山下，见到智琼，两人遂同往洛阳。《搜神记》《集仙录》《述征记》等皆载此事。

迎神曲

坎坎击鼓，鱼山之下。吹洞箫[①]，望极浦[②]。

女巫进，纷屡舞。陈瑶席[3]，湛清酤。风凄凄兮夜雨，神之来兮不来？使我心兮苦复苦。

---

① 洞箫：古乐器名，是一种十六管或二十三管的箫，用蜡封底。无底的称洞箫。 ② 极：远。浦：大水有小口别道称浦。 ③ 瑶席：美玉制成的坐席。《九歌·东皇太一》："瑶席兮玉瑱。"

翻译

亢咚咚，敲起鼓，
在鱼山的山脚处。
吹着响亮的洞箫，
遥望神来的远浦。
女巫们走进神殿，
反反复复地翩翩起舞。
安排好瑶玉坐席，
斟满澄清的酒醁。
凉风凄凄带来了夜雨，
神女啊，您来还是不来？
使我渴盼的心痛苦啊又痛苦。

送神曲

纷进拜兮堂前，目眷眷兮琼筵[1]。来不语兮

意不传，作暮雨兮愁空山[2]。悲急管，思繁弦[3]，灵之驾兮俨欲旋[4]。倏云收兮雨歇，山青青兮水潺湲[5]。

---

① 琼筵：同“瑶席”。 ② 作暮雨：《高唐赋序》：巫山神女对楚怀王说：“妾在巫山之阳，高丘之阻，旦为朝云，暮为行雨。” ③ 思：忧愁。④ 俨：宛然，好像。 ⑤ 潺湲：水缓流的声音。

翻译

纷纷上前拜倒在堂前，
眷恋的目光凝聚玉筵。
来不言去不语心意谁传？
化作黄昏的雨愁洒空山。
管声悲切急促，琴声忧伤频弹，
神女车驾啊好像将归旋。
霎时云收卷啊暮雨消散，
唯有山青青啊流水潺潺。

李陵咏[①]

这首诗题下原注："时年十九。"诗的题材来自《史记·李将军列传》和《汉书·李广苏建传》。但作者没有简单地复述史实，而从李陵是"三代将门子"的出身落笔，着重描写他对敌作战的勇武精神，表现他对汉室的忠心，对他"遂婴穹庐耻"的不幸结局和"深衷欲有报"的心迹表示同情。这种以古人为题的咏史诗虽缺少现实感，还未脱净六朝余气，但从中可以窥见王维少年时代的思想，也可看到他在安史之乱时忍辱期待唐王朝恢复两京的思想之由来。

① 李陵：字少卿，汉名将李广之孙，父亲当户与叔父椒、敢都是武将，有勇力，皆早死。李陵少为建章宫监，善骑射，爱兵士，汉武帝认为他有李广之风，曾派他率八百骑兵，深入匈奴侦察地形，又让他带五千勇士在边地练习骑射，以备匈奴。后随贰师将军李广利击匈奴右贤王。他奉命带他的五千骑兵诱敌，不料为八万敌兵围困。连战八日，士兵死伤过半，被迫投降。

汉家李将军，三代将门子。结发有奇策[①]，少年成壮士。长驱塞上儿，深入单于垒[②]。旌旗列

相向，箫鼓悲何已。日暮沙漠陲[3]，战声烟尘里。将令骄虏灭，岂独名王侍。既失大军援，遂婴穹庐耻[4]。少小蒙汉恩，何堪坐思此[5]？深衷欲有报，投躯未能死。引领望子卿[6]："非君谁能理[7]？"

---

① 结发：古代男子到成童时开始束发，因称年轻时为结发。 ② 单(chán)于：匈奴君主的称呼。垒：军中壁垒，是防守工事。 ③ 陲：边。 ④ 穹(qióng)庐：毡帐，指投降匈奴后居住穹庐。 ⑤ 何堪：怎堪，怎么经受得起。坐：深。《诗词曲语辞汇释》："坐。甚辞，犹深也，殊也。……孟浩然《同张明府清镜叹》：'愁来试取照，坐叹生白发。'坐叹，犹云深叹也。" ⑥ 引领：伸长脖子。子卿：苏武字。汉武帝时，他奉命出使匈奴，匈奴要他投降，他以死相拒，因被扣留在北海(今俄罗斯西伯利亚贝加尔湖)，仗节牧羊十九年，终于归汉。临行，李陵为他饯行，并表示自己欲报效汉室而不能的心迹。见《汉书·李广苏建传》。 ⑦ 理：辨明。

翻译

汉家有位李将军，

他是三代将门的子孙。

年少时便有出奇的韬略，

年轻时就成为壮烈的军人。
率领边塞健儿长驱直入，
一直攻到匈奴君主的军营。
双方的战旗陈列相对，
箫鼓的悲鸣何时能停！
当暮色降临沙漠之边，
烟尘里传出激烈的战声。
将把骄横的匈奴一举歼灭，
岂止要他们著名的藩王入侍汉廷。
既已失去大军的援救，
于是蒙受了投降的恶名。
从小深受汉朝的恩惠，
哪堪多想这深厚恩情？
内心本想待机报效，
这才没有能够殉难捐生。
但翘首盼望回到国内的苏武：
“除了你谁能把我的苦衷辨明！”

西施咏[1]

这首诗以西施为题，写君王重色，西施不会久处贫贱，一旦得宠，便足以乱国。“邀人”二句极写得宠后的骄态，“君宠”二句写君王骄纵西施，结尾四句写西施之宠幸与她的美无人能企及。此诗与《李陵咏》都是咏史，又同属五言古诗，可能也是王维的少年之作，或有所指。但清人陈沆认为诗中“君宠”二句，当为李林甫、杨国忠等人“宠幸而作”（见《诗比兴笺》），恐亦过于牵强。

① 西施：古越国美女。吴王夫差灭越，相传越王勾践献西施入吴宫。吴王宠幸她，不问政事，使勾践得以灭吴。

艳色天下重，西施宁久微？
朝为越溪女[1]，暮作吴宫妃。
贱日岂殊众，贵来方悟稀。
邀人傅脂粉，不自着罗衣。
君宠益骄态，君怜无是非[2]。
当时浣纱伴[3]，莫得同车归[4]。
持谢邻家子[5]，效颦安可希[6]！

① 越溪：指若耶溪，在今浙江绍兴东南二十八里，传说是西施采莲浣纱的地方。 ② 无是非：意思是君王唯她的话是听，不再分清是非。 ③ 浣（huàn）纱：洗纱。相传浙江诸暨苎萝山下的石迹水，是西施和女伴们浣纱的地方，现在还留有浣纱石。 ④ 同车归：意思是当年的浣纱女伴已不能和西施相比。 ⑤ 持谢：持此理告诉。邻家子：指西施的邻女。 ⑥ 效颦：《庄子·天运篇》说，西施患心痛病，皱眉从街上走过，邻家丑女（后称东施）以为美，也学她的样子在街上走，结果把别人都吓跑了。此处泛指邻女。

翻译

天下全看重美女的艳丽，
西施啊她哪能长久卑微！
早晨还是越溪浣纱之女，
晚上便成了吴王的宠妃。
微贱时哪会和众女不同，
尊贵后才知美色珍稀。
从此要宫人替搽脂粉，
不肯再自己穿戴罗衣。
君王宠爱态度就越发骄纵，

君王怜惜便完全不问是非。

当年在一起洗纱的女伴，

没有谁再能够和她同车而归。

替我传语那些邻居姑娘，

靠效颦怎可能妄想追随！

寓言二首（之一）

这首诗题为“寓言”，并非今天所说的那种把非人的事物加以拟人化描写的文学体裁，而是同于《庄子·寓言》篇所说：“寓言十九，藉外论之。”即借其他事物表意。诗中揭露了那些无功无德却高踞上位的贵族子弟骄奢淫逸的生活，直笔而赋，颇具气骨，与左思《咏史》同旨。唐代门阀制度虽已有所削弱，但世族观念仍然根深蒂固，对寒门出身的文人亦多加轻视和排斥。王维久居京师，耳闻目睹，对这种现象深为不满，故诗中充满愤激之言、不平之气，以结句最为突出，代表了王维诗风的一个方面。

朱绂谁家子[①]？　无乃金张孙[②]。

骊驹从白马[③]，　出入铜龙门[④]。

问尔何功德？　多承明主恩。

斗鸡平乐馆[⑤]，　射雉上林园[⑥]。

曲陌车骑盛，　高堂珠翠繁[⑦]。

奈何轩冕贵[⑧]，　不与布衣言[⑨]。

① 朱绂(fú):红色绶带,是贵族的衣饰。 ② 无乃:莫不是。意思是肯定。金张:指豪门。金,金日磾,汉武帝托孤大臣。张,张安世,张汤之子,汉武帝宠臣,世代豪贵。 ③ 骊驹:深黑色小马。《陌上桑》:"白马从骊驹。" ④ 铜龙门:即龙楼门。《汉书·成帝纪》:"上尝急召,太子出龙楼门。"颜师古注:"门楼上有铜龙。" ⑤ 斗鸡:古代以养雄鸡决胜负为戏。平乐馆:汉上林苑中馆名,是游乐场所。 ⑥ 雉(zhì):野鸡。王公贵族多以射雉为戏。上林园:即上林苑,在汉长安西北,方圆三百里,畜百兽,供皇帝射猎。 ⑦ 珠翠:以贵族妇女披戴明珠翡翠首饰喻贵人姬妾。繁:众多。 ⑧ 轩冕:卿大夫有篷车和冠冕,此处指代高官显宦。 ⑨ 布衣:指寒士,古代未做官的人穿麻布粗衣。

翻译

谁家子弟腰系红色绶带,
岂不是权门贵族子孙?
骑着白马后面还跟着黑驹子,
进进出出于皇宫的龙楼门。
试问你们立过什么功和德,
却过多地承受明主的隆恩。
在平乐馆中斗鸡取乐,
到上林苑里校射雉禽。

曲折的巷陌车骑拥塞，
高广的堂上簇拥着美人。
无奈何轩车冠冕的显贵，
从不为布衣寒士进言。

早春行

这是一首闺怨诗，这类作品在王维诗中不多见，疑作于早年。诗中的主人公是一位少女，在万物复苏的早春，她满怀喜悦，出游弄春。春光与少女的青春丽容交相映衬，组成一个和谐的整体。“爱水”二句很细腻地表现出她顾影自怜的心理。“香畏”二句为以下的情绪由喜转愁做了铺垫。“游衍”四句，写出少女的复杂心情：赏春游乐徒增相思之苦，相思之极不免所思入梦，“归晚更生疑”，是写一种不见归来的失望之情。结句归结为女子羡慕双燕同栖之乐，感叹自己的年华流逝及长相思的痛苦。

紫梅发初遍，　黄鸟歌犹涩[①]。
谁家折杨女？　弄春如不及。
爱水看妆坐，　羞人映花立。
香畏风吹散，　衣愁露沾湿。
玉闺青门里[②]，日落香车入[③]。
游衍益相思[④]，含啼向彩帷。
忆君长入梦，　归晚更生疑。

不及红檐燕，双栖绿草时。

---

① 涩：指声音不流利。 ② 青门：长安东城的霸城门，因东方为青帝，门涂青色，所以也称青门（见《三辅黄图》）。 ③ 香车：妇女坐的车，油壁上涂上香料，所以称香车。 ④ 游衍：在野外漫游。

翻译

紫色的早梅刚刚遍树开花，
莺儿的歌声还不那么流利。
折取绿杨枝的是谁家女儿，
赏玩春光唯恐它匆匆流逝。
喜爱澄波为临水看妆，
见人含羞却倚花相映。
香粉气生怕被风吹散，
绣衣裳也恐露水沾湿。
侬家住长安的青门之中，
黄昏时香车才缓缓归去。
野外春游更添相思，
含悲落泪走向彩色车帷。
怀念你你就总是进入梦中，

迟迟不归又令我心中生疑。

叹不如红色屋檐下的燕子，

在铺绿草的巢中日日双栖。

送綦毋潜落第还乡[①]

綦毋潜于开元十四年(726)进士及第,则此诗当作于王维被贬济州之前。开元中,唐玄宗虽征招人才,但仍有许多贤能未能被用,所以诗中有"君门远"之叹。全诗围绕送友还乡的主题,层层深入,娓娓道来,对朋友不遇的同情和劝慰,委婉尽致。其中"远树带行客,孤城当落晖"二句,用字精警,写景如画。

① 綦毋潜(692—约749),字孝通(一作季通),荆南(今湖北江陵)人,开元中,由宜寿尉入为集贤院待制,后辞官,复为右拾遗,终著作郎。落第:应试未中。题原作《送别》,此据《河岳英灵集》。

圣代无隐者,英灵尽来归[①]。

遂令东山客[②],不得顾采薇[③]。

既至君门远[④],孰云吾道非[⑤]。

江淮度寒食[⑥],京洛缝春衣。

置酒临长道,同心与我违。

行当浮桂棹[⑦],未几拂荆扉。

远树带行客,孤城当落晖。

吾谋适不用[⑧],勿谓知音稀。

① 英灵:英华灵秀的贤才。 ② 东山客:东晋谢安早年曾隐居浙江上虞的东山,人称东山客。此处泛指隐居的贤才。 ③ 采薇:薇,蕨菜。《史记·伯夷列传》:“武王已平殷乱,天下宗周,而伯夷、叔齐耻之,义不食周粟,隐于首阳山,采薇而食之。”此处指隐居生活。 ④ 君门远:指难以见到皇帝。 ⑤ 吾道非:《史记·孔子世家》载,孔子问子路:“吾道非耶?”意思是说不是吾道之非。 ⑥ 江淮句:与下句都是讲綦毋潜落第还乡途中之事。寒食:节日名,在清明前一天或两天。相传在春秋时,晋文公为悼念介之推被烧死,故定于每年的这个时候禁火寒食三天。 ⑦ 棹:划船的用具,此处用以指代船。 ⑧ 吾谋句:《左传·文公十三年》载,绕朝对士会说:“子无谓秦无人,吾谋适不用也。”秦大夫绕朝要留住晋大夫士会,不放他还晋,为晋重用。此处是荐举人才的意思。

翻译

圣明时代没有隐居的人,

英才们全都向朝廷来归。

使你这隐居东山的贤士,

再也不能安于避世采薇。

到了京城君门遥远难叩,

怎能说我所行道途不对。

你将去江淮度过寒食节,

到东京洛阳时缝制春衣。
在大路旁摆酒为你饯行，
知心朋友就要与我分离。
你将要乘上回乡的航船，
不久就能到家拂拭柴扉。
远处的树木像导引着行客，
孤寂的城邑正沐浴着斜晖。
我荐举你的意见不被采纳，
不要感慨自己没有知音。

早入荥阳界

荥阳县在郑州西六十里，是赴济州的必经之路。王维初入仕途，便遭贬谪，生活的急剧变化，使他的诗风也有所转变，开始由应酬、拟古转向写对物色的切身感受，逐渐形成了自己的风格。这首诗写荥阳的地理、形势、风俗及郊野风光，画面多变，声光满纸，作者依次道来，显得意态从容，观察细致。“因人”二句，是初到异地接触风土人情的新鲜感受。“渔商波上客，鸡犬岸旁村”，写舟中所见，境界极优美。结尾一语双关，既担心路途遥远，又感叹前途渺茫，寄慨很深。本篇即事即景，写亲历实感，自然与众不同。正如严羽所说：“唐人好诗，多是征戍、迁谪、行旅、离别之作，往往能感动激发人意。”（《沧浪诗话・诗评》）

泛舟入荥泽①**，兹邑乃雄藩**②。

河曲闾阎隘③**，川中烟火繁。**

因人见风俗，　入境闻方言。

秋晚田畴盛④**，朝光市井喧。**

渔商波上客，　鸡犬岸旁村。

前路白云外，　孤帆安可论[5]！

---

① 荥(xíng)泽：湖泊名，唐时已成平地，在荥阳县东北四十里。古通黄河，此借喻舟行黄河，进入荥阳县境。　② 雄藩：雄伟的屏藩，指军事要地。　③ 闾阎：里巷的门，用指乡村街巷。　④ 田畴(chóu)：田地。　⑤ 论：知。《淮南子·说山训》："以近论远。"注："论，知也。"

翻译

船行驶入了荥阳之境，

这座县城是京洛雄藩。

处黄河水湾里巷狭窄，

居大川中部烟火稠繁。

由当地人可见异乡风俗，

入县境就听到当地方言。

晚秋时田野里庄稼茂盛，

晨光中街市上人杂声喧。

渔民商贩是荡舟水上的常客，

鸣鸡吠犬就活动在岸边村间。

前去的途程还在白云之外，

一片孤帆漂泊又怎能预言！

宿郑州

这首诗是开元九年(721)作者赴济州途中,路过郑州时所写。全诗写投宿所见与旅途感慨,末尾流露出遭贬谪的隐痛。“他乡”二句写出旅人的独特感受,“田父”二句宛然一幅清淡的水墨图。“虫思”二句渲染出农村收获季节的浓郁气氛,“明当”二句,行程匆迫与旅思缭乱,跃然纸上。《杨升庵诗话》说:“崔涂《旅中》诗:‘渐与骨肉远,转于僮仆亲。’诗话亟称之。然王维《郑州》诗:‘他乡绝俦侣,孤客亲僮仆。’已先道之矣,但王语浑含胜崔。”

朝与周人辞①,暮投郑人宿②。
他乡绝俦侣③,孤客亲僮仆。
宛洛望不见④,秋霖晦平陆⑤。
田父草际归, 村童雨中牧。
主人东皋上⑥,时稼绕茅屋。
虫思机杼鸣⑦,雀喧禾黍熟。
明当渡京水⑧,昨晚犹金谷⑨。
此去欲何言, 穷边徇微禄⑩。

① 周人：洛阳人，洛阳曾为东周都城。 ② 郑人：郑州人，郑州春秋时为郑国。按此处系指郑州境内，不是指郑州市。本篇云“明当渡京水”，京水在郑州市西三十里左右。 ③ 俦(chóu)侣：同伴。④ 宛洛：偏义复词，指洛阳。 ⑤ 秋霖：连天的秋雨。古人称三天以上的雨为“霖”。 ⑥ 东皋(gāo)：东边较高的水田。《文选·秋兴赋》：“耕东皋之沃壤(肥地)兮。”注：“水田曰皋。” ⑦ “虫思”句：意思是蟋蟀在为催促织事而鸣叫。俚语：“促织鸣，懒妇惊。”机杼(zhù)：织布机。 ⑧ 京水：在荥阳东二十二里，东北流入济水，是去济州的必经之路。 ⑨ 金谷：山谷名，在洛阳西北。晋石崇在此营建一座豪华园林，名金谷园。 ⑩ 穷边：偏僻边远之地。徇：《广雅·释言》：“徇，营也。”营求。禄，薪俸。

翻译

早晨才辞别了洛阳，
傍晚就到郑州投宿。
异乡已没有自己的伴侣，
孤单客子只有和僮仆相处。
洛阳城已经看不见了，
秋雨连绵晦暗了平陆。
老农从青草丛生的地边归来，
村童还在蒙蒙细雨中放牧。

主人家住在东面水边高地，

该收获的庄稼环绕着茅屋。

蟋蟀欢鸣织机声响，

麻雀喧噪谷物正熟。

明天将要渡过京水，

昨晚却还住在金谷。

这一去还想说些什么呢？

到边远之地挣份薄禄。

渡河到清河作

这是作者渡黄河到清河县城的途中所写。清河,即今河北省清河县。行舟河上,视野开阔,所以诗中多从大处着墨,勾勒出所见的宏阔景象。“天波忽开拆,郡邑千万家”,不独气势雄浑,意境壮美,而且准确地捕捉住了坐船时特有的运动感受,落笔自然而有奇致。

泛舟大河里,积水穷天涯①。
天波忽开拆②,郡邑千万家。
行复见城市,宛然有桑麻③。
回瞻旧乡国④,淼漫连云霞⑤。

① 积水:指黄河积聚众水,浩瀚无际。 ②“天波”句:是说水天一色,初无所见,远处忽现城市轮廓,仿佛水天相接处拆开一个口子,所以说是“忽开拆”。 ③ 宛然:凡物可见叫“宛然”。《诗·秦风·蒹葭》:“宛在水中央。”桑麻:桑树与苎麻。 ④ 旧乡国:家乡,指京洛。 ⑤ 淼(miǎo)漫:水势辽远的样子。

翻译

我扬帆行舟黄河上，
秋水汇积远接天涯。
水天相接处忽然裂开豁口，
现出繁华的城邑万户千家。
顺流前行又有城镇闪入眼中，
宛然可见郊野的桑麻。
回头瞻望我的故乡京洛，
只见洪波浩渺远连云霞。

济上四贤咏（之三）

郑霍二山人

此诗是王维被贬济州期间所作的组诗《济上四贤咏》之三。诗中对不学无术、仅依靠世袭的地位而享受高官厚禄的权贵子孙进行了讽刺，同时把他们与既有才学而又品节高逸的郑、霍两位隐士相对比，揭露了世事的不平。而“吾贱不及议”，其中也流露出对自己被贬的不平之气，感慨很深。最后作者说：像我这样的人遭受贫贱倒没什么可说的，就连郑、霍二位如此有才节的人也与我一样困厄，又有谁能为他们的遭遇而鸣不平呢？最后这一联实际上道出了正直高洁之士的共同命运，颇有左思《咏史》的风骨。

翩翩繁华子①，多出金张门②。
幸有先人业，早蒙明主恩。
童年且未学，肉食骛华轩③。
岂乏中林士④，无人献至尊⑤。
郑公老泉石，霍子安丘樊⑥。

卖药不二价[7]，著书盈万言。

息阴无恶木[8]，饮水必清源[9]。

吾贱不及议[10]，斯人竟谁论？

---

① 翩翩：欣喜自得貌。繁华子：高官显贵。 ② 金张：见《寓言二首》注。 ③ 肉食：即肉食者，指为官的人。《左传·庄公十年》："肉食者谋之。"骛（wù）：急驰。 ④ 中林士：即林中士，隐士。 ⑤ 献：当从《河岳英灵集》作"荐"。至尊：指皇帝。 ⑥ 樊（fán）：指园囿的篱笆。丘樊：即丘园，指隐居的地方。 ⑦"卖药"句：用后汉韩康事。《后汉书·隐逸传》载：韩康隐居，采药名山，卖于长安，口不二价。作者借以比喻郑、霍二山人是隐居的高人。 ⑧"息阴"句：《管子》："夫士怀耿介之心，不荫恶木之枝。"（江邃《文释》引，今本《管子》无此语） ⑨"饮水"句：《尸子》卷下：孔子经过盗泉，因厌恶泉的名称，故渴而不饮其水。此句与上句都是称赞郑、霍二人的高洁品质。 ⑩ 不及议：指不具备议贤资格。《汉书·刑法志》："《周官》有五听、八议、三刺、三宥、三赦之法。"八议，即议亲、议贤、议能、议贵等，可减免罪刑。此处是引申义。

翻译

意气飞扬的达官显贵，

大多出身于权贵豪门。

幸运地继承祖先功业，
很早就蒙受明主之恩。
童年还没有学过经史，
已做官吃肉乘车驰奔。
难道山林中缺少贤士？
只是没人推荐给至尊。
郑公终老于泉石之间，
霍子的生活安于丘园。
卖药没有虚讲的价格，
著书立说已超过万言。
不愿歇息在恶树之阴，
饮水一定要选择清源。
我地位卑微没有议贤资格，
这样的人物毕竟谁为品论？

齐州送祖三[①]

王维有一首《赠祖三咏》，结语云："良会讵几日，终自长相思。"与此诗首二句意思略同，均当是祖咏离开济州赴官，王维送行到齐州时所作。写故友刚刚相逢，旋又匆匆别去，一笑一泣，会短离长，感慨万分，后六句全写祖咏走后，自己伫立江边凝望的情景。"荒城""天寒""日暮"三句，写萧索之景，见凄凉之情。写天寒之山，用一"净"字，写长河之水，着一"急"字，极切合情景，"急"字又下连"解缆"句，含有惜别之情。结语"解缆君已遥，望君犹伫立"，一往情深，言尽而意不尽。殷璠《河岳英灵集》评王维诗"词秀调雅，意新理惬，在泉为珠，着壁成绘，一句一字，皆出常境"，也曾举本诗"天寒远山净，日暮长河急"二句作例。

① 齐州：唐代州名，故治在今山东历城，离济州不远。祖三：唐代诗人，名咏，兄弟中排行第三。洛阳人，开元十三年(725)进士，与王维友善。

相逢方一笑， 相送还成泣。

祖帐已伤离[①]，荒城复愁入[②]。

天寒远山净，日暮长河急[3]。

解缆君已遥[4]，望君犹伫立[5]。

---

① 祖帐：为出行者饯行所设的帐幕。古人出行，上路前要祭路神，称“祖”，后来引申为饯行。 ② 荒城：指齐州。 ③ 长河：指济水，齐州在济水南。 ④ 缆：系船的绳索。 ⑤ 伫（zhù）立：久立。

翻译

才相逢刚一笑相对，
又相送变成了啜泣。
祖帐里已经感伤离别，
荒城中我更发愁独入。
天寒季节远山一片明净，
日暮时分大河格外迅急。
解开船缆你就迅速远去，
遥望着你我还久久伫立。

春中田园作

这首诗写春日所见乡村将近农时的景象，以“春鸠鸣”“杏花白”这些具有春三月季节特征的声色入诗，又以伐条、觅泉的农事点缀其间，表现了作者所欣赏的农村淳朴的自然美。“归燕”“旧人”二句明写眼前之景，然后转出乡思，并寄托了作者对岁月改变、人久不归的慨叹，惆怅之情跃然纸上。

屋上春鸠鸣①，**村边杏花白**②。

持斧伐远扬③，**荷锄觇泉脉**④。

归燕识故巢，旧人看新历。

临觞忽不御⑤，**惆怅远行客**⑥。

---

① 鸠：鸤鸠，即布谷鸟，又称杜鹃，冬去春来时多声。 ② 杏花白：《四民月令》：“三月杏花盛，可菑白沙轻土之田。”即指三月开耕田地的时节。 ③ 远扬：长得高远而扬起的桑枝。这句化用《诗经·豳风·七月》“蚕月条桑，取彼斧斨，以伐远扬，猗彼女桑”意。蚕月即三月。 ④ 觇(chān)：探察。泉脉：即泉水。泉水在地下潜流，如人之血脉。 ⑤ 觞(shāng)：酒器。御：进用，指喝酒。 ⑥ 远行客：

一本作“思远客”，指思自己远客他乡。

翻译

春来屋顶上有杜鹃鸣叫，
村落边杏花已开得雪白。
拿着斧子砍下高远的桑枝，
扛起锄头去探察泉流源脉。
当春归来的燕子认识旧巢，
旧主人又翻起了新年历。
对着酒杯忽然停下不再饮，
是怅惘萦绕我这远行之客。

观别者

王维有《别弟缙后登青龙寺望蓝田山》诗，有云："陌上新别离，苍茫四郊晦。……心悲宦游子，何处飞征盖？"与这首《观别者》同一机杼。只是这首写法上很别致。是借陌上人的惜别，来表现自己的宦游之悲。古人有折柳送别的习俗，以"青青杨柳陌"起句就点题，已见伤别之意。接着写游子亲老家贫，不出外则无法奉养老亲，出外则离亲别友，倍觉凄苦。表现了游子仕与隐都处困境，其真情非过来人不能道出。诗中所着力描写的游子依依惜别的情景，句句伤情，感情细腻深厚。明人钟惺评此诗："观别者与自家送别，益觉难堪，非深情人不暇命如此题。"（《诗归》卷八）颇为中肯，可资参考。

青青杨柳陌，　陌上别离人。
爱子游燕赵[①]，高堂有老亲。
不行无可养，　行去百忧新。
切切委兄弟，　依依向四邻。
都门帐饮毕[②]，从此谢亲宾。
挥泪逐前侣，　含凄动征轮。

车从望不见[3]，时时起行尘。

余亦辞家久，看之泪满巾。

---

① 燕赵：燕和赵都是古国名，地点在今河北、辽宁南部、山西北部一带。这里泛指河北诸郡。 ② 都门：都城城门。一般指都城。帐饮：见《齐州送祖三》“祖帐”注。 ③ 从：随从。车从是指游子及其仆从。

翻译

排列着青青杨柳的路上，

正在送别远去的亲人。

是爱子宦游要去燕赵，

高堂上还有他年迈的双亲。

不离家无法把双亲奉养，

离家去又新忧殷殷。

情意恳切地把兄弟嘱咐，

恋恋不舍地面对相送的乡邻。

都门祖帐中饮过了饯行酒，

从此就告别了亲属和友人。

洒泪去追赶前面的同伴，

怀着悲伤启动远行的车轮。

车马人从渐渐不能望见，
车马后面不时扬起飞尘。
我离开家乡日子也已很久，
见到这情景怎不泪水盈巾！

终南别业[①]

这首诗约作于开元二十年(732)作者年近四十之时。王维在开元十六年(728)后从道光禅师学佛,以后隐居终南,他既追求清净空寂,又不舍弃人生,所以诗中融入禅意,把参悟禅理与欣赏自然美很好地结合起来。这首诗顺应自然,寻求与自然默契的胜境,纯以无所用心取胜,人的行止,景的生灭,都没有滞碍。“行到水穷处,坐看云起时”,是写景又不泥于景,无处不可适意;偶遇林叟,随便谈笑,竟不觉该有个回去的时候了,达到物我两忘、色相俱空的境界。所以苏庠说它“造意之妙,至与造物相表里,岂直诗中有画哉”(《苕溪渔隐丛话》前集卷十五引)。沈德潜说它“行所无事,一片化机”(《唐诗别裁》卷九)。

① 终南别业:《河岳英灵集》《文苑英华》《唐文粹》俱题作《入山寄城中故人》。《国秀集》题作《初至山中》。终南:即终南山,又称南山,在唐时长安以南,西起秦陇,东尽蓝田,绵延数百里。别业,别墅。

中岁颇好道[①],晚家南山陲。

兴来每独往，　胜事空自知[2]。

行到水穷处，　坐看云起时。

偶然值林叟，　谈笑无还期。

---

① 道：指佛学禅理。王维信仰的主要是禅宗。　② 胜事：指在山中最快心意的感受。

翻译

人到中年我很爱好佛理，

最后决定在终南山边营居。

兴致来时常常独来独往，

快意的感受只有自己心知。

有时一直走到溪水尽处，

坐下来看那白云升起。

偶然会碰见看林老叟，

纵情谈笑哪会想到归期。

蓝田山石门精舍[①]

本诗当写于隐居蓝田之前。全诗写泛舟揽胜，渐入佳境，精舍幽雅，诱人重游。依次写来，不加雕饰，通篇表现出对自然的清新审美感受。“偶与前山通”和“初疑路不同”前后呼应，颇得山水曲折之趣。这首诗意境似谢灵运的《石壁精舍还湖中作》等诗。虽写佛寺，写僧人的超脱，却并无大谢诗中那样“虑淡物自轻，意惬理无违”的抽象议论，而是写出了作者禅悦的心情。殷璠《河岳英灵集》特别多引本篇佳句，说：“维诗词秀调雅，意新理惬，在泉为珠，着壁成绘，一句一字，皆出常境。至如‘落日山水好，漾舟信归风’，又‘涧芳袭人衣，山月映石壁’……讵肯惭于古人也？”

① 蓝田山：又名玉山、覆车山，在陕西省蓝田县东南。石门：石门泉，在蓝田县西十里。传说这里因有温泉涌出，遂建寺，病者就浴多痊。唐明皇时赐名大兴汤院。精舍：佛寺。石门精舍，可能指大兴汤院。

落日山水好，漾舟信归风[①]。玩奇不觉远，因以缘源穷。遥爱云木秀，初疑路不同。安知清流转，偶与前山通。舍舟理轻策[②]，果然惬所适[③]。

老僧四五人，逍遥荫松柏。朝梵林未曙[4]，夜禅山更寂[5]。道心及牧童[6]，世事问樵客。暝宿长林下，焚香卧瑶席[7]。涧芳袭人衣，山月映石壁。再寻畏迷误，明发更登历。笑谢桃源人[8]，花红复来觌[9]。

---

① 信：任，随。归风：归山之风，即顺风。 ② 策：手杖。 ③ 惬(qiè)：满意。适：去，往。 ④ 朝梵：早晨用梵音念诵佛经。 ⑤ 夜禅：夜晚静坐参禅。禅，息虑静思。 ⑥ 道心：佛家出世思想。及：影响。 ⑦ 瑶席：瑶草所编之席。瑶草，古人想象中的仙草。这里形容席的精美洁净。 ⑧ 谢：辞。桃源人：尘世外的人，这里用陶渊明《桃花源记》典故，意思说山中人超然世外。 ⑨ 觌(dí)：看，见。

翻译

落日时分山水更加美好，
荡起轻舟任凭晚风吹送。
玩赏奇景不觉深入已远，
于是顺水探寻溪源幽境。
遥望不禁深爱云林秀美，
起初怀疑所走路径不同。
哪知清清水流忽然折转，

却没想到竟与前山连通。
拄起轻便手杖舍船上岸，
所去之处果然恰适心胸。
见有四五个年老的僧人，
在松柏浓荫下语笑从容。
早晨诵经林间未透曙光，
夜晚参禅山中更显寂静。
禅心也让牧童变得宁静，
人世事只好问上山樵翁。
入夜便在高树下住宿，
焚着香卧席上仰对星空。
溪谷里芳香暗袭人衣，
山间明月照得石壁晶莹。
再来寻找这里恐怕迷路，
天一亮启程前当再登临。
笑着向这些桃源人告辞，
等到花红时候再来相寻。

赠裴十迪

裴迪行十。《旧唐书》本传说，王维在蓝田得辋川别墅，与道友裴迪浮舟往来，“弹琴赋诗，啸咏终日”。这首诗可能就是他隐居辋川时所作。诗的写法学陶渊明体，用平淡自然的风格，表现初春田园风光的优美和自己的闲适情趣。首二句总起，即从陶诗“山气日夕佳”和“春秋多佳日，登高赋新诗”脱化而来。写田家致词，也是概括《归去来兮辞》“农人告余以春及，将有事于西畴”语意。不过，王诗侧重于对自然风物远空、春水、兰蕙、荑萼作客观的观赏和描绘，“澹然”“如意”二句就活画出了他那种观赏融融春景时悠然自得、物我两忘的神态。这和陶渊明对田园生活的描写是大不相同的。而此诗的词采华美，也和陶诗的古质淡泊、文体省净有很大区别。

风景日夕佳，　与君赋新诗。

澹然望远空，　如意方支颐[1]。

春风动百草，　兰蕙生我篱[2]。

暧暧日暖闺[3]，田家来致词：

“欣欣春还皋[4]，　澹澹水生陂[5]。
桃李虽未开，　荑萼满其枝[6]。
请君理还策，　敢告将农时。”

---

① 如意：器物名。用玉、铁、竹等制成，柄端作心字或灵芝形。魏晋时人手执如意清谈，和尚念经时也持如意。　② 蕙：蕙兰。也是香草。　③ 暧暧：日暖貌。闺：内室，这里泛指房屋。　④ 皋（gāo）：见《宿郑州》注。这里泛指原野。　⑤ 澹澹：水波动荡貌。　⑥ 荑（tí）：草木初生的嫩芽。

翻译

风景早晚都特别美好，
我和你一起写作新诗。
恬静地望着高远的天空，
如意正把我面颊托支。
春风吹拂着花花草草，
兰蕙已生长在我的竹篱。
融融的日光照暖村舍，
农夫特来这里向我陈辞：
“草木欣欣春天已回到原野，
波光荡漾绿水涨满了陂池。

桃花李花虽还没有开放，

嫩芽花萼却已结遍青枝。

请你准备好回去用的手杖，

我大胆相告不要误了农时。”

新晴野望[1]

此诗所写溪口等地，当在辋川，是隐居辋川时所作。这首诗写新雨初霁时眺望原野所见之景。雨过天晴，能见度很好，极目远望，原野涤尽尘埃，显得格外开阔清新，就连郭门渡头、村边溪口的远景也都历历在目。“明田外”三字，写出了田中水光耀眼之景，体物十分精细。“出山后”三字，写出远近群山的层次感，描写颇为传神。在这如画的美景之中，正赶上“农月无闲人，倾家事南亩”，这两句诗可以说是画龙点睛的神来之笔，作者在静态的画面中点染上动态的人物，使整个画面活了起来。诗中流露出作者对田园生活的热爱，因此作者之笔触处生春，清新可喜。充满了美的力量，具有深切感人的效果。

① 野：原作“晚”，题下注：“一作野。”

新晴原野旷，极目无氛垢[1]。

郭门临渡头，村树连溪口[2]。

白水明田外，碧峰出山后。

农月无闲人，倾家事南亩[3]。

① 氛垢：在天空中漂浮的雾气和尘埃。 ② 溪口：小溪入河之口。③ 事：动词，从事，指劳作。南亩：古代田地分畦垅多为南北向，此处泛指田地。

翻译

新雨初晴原野开阔，
极目远望没有尘垢。
城外郭门挨着渡头，
村中树木连着溪口。
田里白水光耀四外，
碧峰耸立前山之后。
农忙季节没有闲人，
全家都去耕种南亩。

青　溪

青溪是注入沮水的一条水流，在今陕西省勉县西，距黄花川将近百里。据载，“水出县西青山，山之东有滥泉，即青溪之源也，口径数丈，其深不测，其泉甚灵洁”（《水经注》卷三十二《沮水注》）。作者沿溪北上，水依山势，蜿蜒多姿，使人应接不暇。接着“声喧”二句，作者以画家与音乐家的敏感观照自然，使泉声松色，动静相映成趣，读之如身临其境，最后人与自然达到和谐的统一。这种审美观正如王国维所说：“无我之境，以物观物，故不知何者为我，何者为物。”（《人间词话》）

言入黄花川[①]，每逐青溪水。
随山将万转，　趣途无百里[②]。
声喧乱石中，　色静深松里。
漾漾泛菱荇[③]，澄澄映葭苇[④]。
我心素已闲，　清川澹如此。
请留盘石上，　垂钓将已矣。

---

① 言：语助词，无实义。黄花川：水名，唐代凤州黄花县境内，今陕西

省凤县东北。 ② 趣：同“趋”，前往。 ③ 菱荇（xìng）：水中草本植物。菱，一年生草本，叶浮水面，果实供食用或制淀粉。荇，即荇菜，供药用，白茎，紫叶，浮水上。 ④ 葭（jiā）：初生芦苇。

翻译

一进到凤州黄花川，
便自然顺着那青溪走。
水随山势千回万转，
走过道路还不到百里。
水声喧哗流经乱石一片，
水色在茂密松林中格外澄碧。
微波荡漾漂浮着菱荇的大小圆叶，
溪水澄明倒映出岸上的参差芦苇。
我的心绪平素已经安恬，
清清溪水又是如此澹谧。
还是留在水边的大石上吧，
悠然垂钓终老于此地。

自大散以往，深林密竹，蹬道盘曲四五十里，至黄牛岭见黄花川[1]

这首诗写从大散关至黄花川沿途所见优美景色，题目已将所写的内容梗概点明。在大散关的盘山路上曾经过茂密的林丛，诗人捕捉了山行时特有的情趣；险道尽时，豁然开朗，又觉得心旷神怡。全诗让人产生渐入佳境之感。

① 大散：关名，又名散关。在今陕西省宝鸡市西南的大散岭上，为秦蜀往来要道。通褒斜大路，两边山高谷险。黄牛岭：在大散关以南，为去黄花川的必经之路。黄花川：见《青溪》注。

危径几万转，数里将三休。
回环见徒侣，隐映隔林丘。
飒飒松上雨，潺潺石中流。
静言深溪里[1]，长啸高山头。
望见南山阳，白日霭悠悠。
青皋丽已净，绿树郁如浮。
曾是厌蒙密[2]，旷然消人忧。

① 静言：低声细语。陆机《猛虎行》："静言幽谷底，长啸高山岑。"

② 厌：饱尝。蒙密：树木丛多，枝叶茂密。庾信《小园赋》："拨蒙密兮见窗，行攲斜兮得路。"

翻译

盘山路陡千百转，
走走停停过几里。
山道回环见旅客，
时隐时现隔林丘。
飒飒有声松枝上雨落下，
潺潺传响山石中泉奔流。
走过深溪轻轻低言，
登上高山长啸放喉。
阳光灿烂照南山，
云霭映日雾悠悠。
青青原野明丽又洁净，
绿树葱郁好像天上游。
刚饱尝密树茂林幽深静，
眼前又豁然开朗释心愁。

献始兴公[①]

张九龄于开元二十二年(734)底为中书令,擢王维为右拾遗。次年,张九龄封始兴伯,这首诗当作于此时。作者首先表示,宁可隐居山林、布衣到白头以保全清节,也不愿为了功名富贵而去"崎岖见王侯"。同时表现出为了政治理想而积极用世的思想,张九龄提拔他是无私的,他自己出仕是出于至公,所以可以不与九龄同进退,这又显示了王维超然的处世态度。钟惺在《唐诗归》中评此诗云:"不读此等诗,不知右丞胸中有激烈悲愤处。"

① 此诗题下原注:"时拜右拾遗。"

宁栖野树林, 宁饮涧水流。
不用食粱肉[①],崎岖见王侯[②]。
鄙哉匹夫节, 布褐将白头[③]。
任智诚则短, 守仁固其优。
侧闻大君子[④],安问党与仇[⑤]。
所不卖公器[⑥],动为苍生谋。
贱子跪自陈[⑦],可为帐下不[⑧]?
感激有公议, 曲私非所求。

① 食粱肉：指富贵的生活。粱，黄粱，即小米。 ② 崎岖：形容谒见王侯之艰难。 ③ 布褐：同布衣，粗布短衣。参见《寓言二首》注。 ④ 侧闻：表示曾有所闻的谦词。大君子：原据《荀子·仲尼篇》，指行仁政的儒家领导人物，此指张九龄。 ⑤ “安问”句：用晋刘琨《重赠卢谌》诗中原句。 ⑥ 公器：指官爵。《旧唐书·张九龄传》：“九龄言于（张）说曰：‘官爵者，天下之公器。’” ⑦ 贱子：自谦词。代作者自己。 ⑧ 帐下：部下。不（fǒu）：同“否”。

翻译

宁可栖隐荒野林，
宁可饮取山涧流。
不愿为己食膏粱，
卑躬屈节谒王侯。
匹夫节操本鄙陋，
粗衣短褐到白头。
运用智巧确所短，
固守仁义本我优。
听说您是大贤人，
任贤不畏亲与仇。
发誓不卖爵官位，

事事都为百姓谋。
贱子我跪席来陈情，
能为您门下随从否？
感奋世有公正论，
偏私庇曲非我求。

赠从弟司库员外絿[1]

开元二十四年(736)十一月,张九龄罢知政事,次年又被贬为荆州长史,于是朝政大权完全落到李林甫之手。贞观以来的所谓开明政治,从此结束。王维虽没有被驱逐出朝廷,但他作为张九龄的旧人,处在这种黑暗政治的重压下,内心深处是不能没有隐忧和恐惧的。这首诗就反映了他这一时期的思想状况。王维从开元九年(721)出仕以来,至李林甫专权,其间将近二十年,虽小有升迁,其实始终只屈沉于右拾遗、左补阙一类小官,才智得不到施展。故在诗中自嘲自己并无超人的才智,而现在身在仕途,心为形役,很不自由,还时时刻刻担心招来牵累,以此引出归隐之意,忧谗畏祸的心情溢于言表。又因冬日所见清景,更加触发了遗弃世事的心意,表白急欲归山之心,同时暗含有规劝从弟一同归隐之意,发言旷远,用笔委婉。

① 从弟:同祖兄弟,俗称堂弟。司库员外:管兵部仓库的官员。隋唐时尚书省各部置员外郎,简称员外。兵部设库部(龙朔二年曾一度改称司库)员外一人。王维称王絿(qiú)为司库员外,是沿用龙朔时的旧称。

少年识事浅，强学干名利[①]。
徒闻跃马年[②]，苦无出人智。
即事岂徒言，累官非不试[③]。
即寡遂性欢，恐招负时累。
清冬见远山，积雪凝苍翠。
皓然出东林，发我遗世意。
惠连素清赏[④]，夙语尘外事[⑤]。
欲缓携手期[⑥]，流年一何驶！

① 干名利：求名利。干（gān），追求。 ② 跃马年：指发挥才干、成就功名的年岁。典出《史记·范雎蔡泽列传》：战国时辩士蔡泽游说诸侯，未得重用，就请相士唐举相命。唐举说他还可活43年。他说："吾持粱刺齿（'刺齿'二字当作'啮'）肥，跃马疾驱，怀黄金之印，结紫绶于要（腰），揖让人主之前，食肉富贵，四十三年足矣！" ③ 不试：不去做官。 ④ 惠连：南朝宋诗人，谢灵运的族弟，自幼聪明，十岁善于写诗，谢灵运对他很赏识。这里借指王绿。清赏：指淡泊的情趣。赏，赏玩，引申为情趣。 ⑤ 尘外：尘世之外。佛教称人间为尘世。 ⑥ 携手：指携手一同归隐。

翻译

年轻时我涉世太浅，
勉力追求名利事业。
只为听信跃马年华，
却恨没有超人智慧。
面临世事哪只是说说而已，
累积仕历也并非不被使用。
既已缺少任我本性的欢乐，
恐怕还要招来背时的牵累。
明净的冬日可见远处群山，
凝雪覆盖了山林的苍翠。
走出城东树林只见一片洁白，
更触发了我遗落尘事的心意。
我惠连弟素有清高情趣，
早就谈起过世外的情事。
本想暂缓携手同隐的日期，
年华逝去是多么迅急！

从军行

《从军行》是汉乐府的曲名。唐人吴兢《乐府古题要解》说："《从军行》……皆述军旅苦辛之词也。"盛唐时代的许多诗人都喜用这个古题写诗，反映边塞情况和将士生活。王维的这首诗，写军队出征、赴敌、激战、凯旋的情景，着力于气氛的渲染，表现战士英勇杀敌立功的英雄气概和思想感情，层次分明，意气昂扬，在同类题材的作品中别具一格。诗作年代未详，或少年时作品，或开元二十五年(737)王维以监察御史身份出参河西节度使崔希逸幕府时作品。

吹角动行人[①]，喧喧行人起。
笳悲马嘶乱[②]，争渡金河水[③]。
日暮沙漠陲，战声烟尘里。
尽系名王颈，归来报天子。

① 吹角：军中的号角吹响声。 ② 笳(jiā)：又称胡笳，是古代的一种管乐器，汉时流行于西域一带少数民族中，后传入汉。 ③ 金河：又名金川，汉时属云中郡，今名大黑河，流经内蒙古中部，在托克托

县南注入黄河。

翻译

号角声声催出征，

喧喧嚷嚷纷起程。

胡笳悲鸣战马嘶，

争相抢渡金川水。

暮色降临沙漠的边陲，

鏖战声激荡在烟尘里。

把匈奴的贤王全部俘获，

凯旋献给汉家天子。

陇西行[①]

开元二十五年(737),王维以监察御史身份,奉使出塞,出参河西节度使崔希逸幕府。本篇当作于这一时期。匈奴入侵,酒泉告急。作者避开正面描述,只截取军使送书的一个片断,简洁勾画出一幅关山飞雪远戍图,笔墨十分精炼。所以张戒《岁寒堂诗话》认为《陇西行》等篇,"信不减太白"。

① 陇西行:古曲名,属乐府古题瑟调曲,也称"步出夏门行"。陇西,陇山以西地域。

十里一走马, 五里一扬鞭[①]。
都护军书至[②],匈奴围酒泉[③]。
关山正飞雪, 烽戍断无烟[④]。

---

①"十里"二句:古时于路边每隔十里设长亭,五里设短亭,供行旅休息。这里形容军情紧急。 ② 都护:官名,都护府的长官。汉代设置西域都护府,唐代设置六大都护府护卫西域诸国,以御边患。 ③ 匈奴:我国古代少数民族之一,善骑射,散居大漠南北,过着游牧生活。酒泉:郡名,故城在今甘肃省酒泉市东北。据说城下有金泉,

泉味如酒，因此得名。 ④ 烽戍（shù）：古代边防用烽火狼烟报警的土堡哨所。戍，一本作“火”。

翻译

十里又十里纵马飞驰，
五里又五里不断扬鞭。
都护告急军书到，
匈奴已围困酒泉。
萧关陇山飘大雪，
茫茫不见烽火烟。

渭川田家[1]

本篇当作于王维在朝、李林甫当政时。李林甫排斥异己，国事日非。田家生活的闲适、轻松与官场的险恶、紧张形成鲜明对照，于是再次触发了作者归隐的念头。前八句，抓住最富有农村生活特征的农牧晚归图景，有层次地写出了田园风光的和谐、农家的安闲与人情的质朴淳厚，颇得画学“位置紧而笔墨松”的经营之妙。“即此”二字，概括了前面展开的图景，写出“羡闲逸”的心情。“怅然”二字，寓有“归去来兮”的感慨，微露出对仕途的厌倦之情。

① 渭川：水名，源出甘肃省渭源县西北乌鼠山，东南经陕西，从华阴东北渭口入黄河。

斜光照墟落，　穷巷牛羊归。
野老念牧童，　倚杖候荆扉。
雉雊麦苗秀[1]，蚕眠桑叶稀[2]。
田夫荷锄至，　相见语依依[3]。
即此羡闲逸，　怅然歌《式微》[4]。

① 雊(gòu):野鸡鸣叫的声音。 ② 蚕眠:蚕蜕皮时,不吃不动,像睡眠一样。 ③ 依依:恋恋不舍的样子。 ④ 怅然:寓有无法归去的感慨。《式微》:《诗·邶风·式微》:"式微,式微,胡不归?"式,发语词,无义。微,衰落。胡,为何。这里取"胡不归"之意,表现了作者归隐的念头。

翻译

夕阳的斜晖投洒在村落,
牛羊归来走进狭陋里巷。
老农惦念着放牧的儿童,
拄手杖迎候在柴门之旁。
野鸡叫正当麦苗开花抽穗,
春蚕三眠时桑叶就快摘光。
农夫们扛锄从地里归来,
相见交谈情意绵长。
见此我便深羡田园的闲逸,
唱起《式微》诗怀着无限惆怅。

送张五归山

《旧唐书》载，杨国忠秉政，郎官不附己者悉出于外。张五是王维的友人张諲，擅长书画，尤工山水，曾同王维一起隐居嵩山，后来出仕，官刑部员外郎，又与王维同朝，二人互相酬唱，交情很深。这次归山，当也是由于杨国忠的排斥，所以王维十分感慨，再次产生归隐思想。用笔委婉曲折，饱含了对友人去官的安慰，又表明了自己的怀抱。

送君尽惆怅，　复送何人归？
几日同携手，　一朝先拂衣①。
东山有茅屋②，幸为扫荆扉③。
当亦谢官去，　岂令心事违④！

---

① 拂衣：拂去衣上红尘，指隐居。　② 东山：东晋谢安曾隐居东山，后因喻隐居之处。这里指洛阳附近的嵩山，王维与张諲曾一起在那里隐居过。参见《送綦毋潜落第还乡》诗注“东山客”。　③ 荆扉(fēi)：柴门，同上句中的“茅屋”互文见义。　④ 心事：指厌恶昏浊的官场，希望解脱羁绊、一同隐居的心思。

翻译

送君归山我心已惆怅，

再送人啊不知又是谁？

一起相处才只几天，

忽然你却辞官先归。

东山里还有我住过的茅屋，

请替我扫一扫那陋室柴扉。

不久我也该辞官归去，

哪能使自己心事乖违！

送　别

这首诗通过对话的形式，表现了友人矢志归山，作者设酒饯别的场景。诗句看似平淡，但细细品味，其中包含了无限深意。“君言不得意”，既是朋友归山的原因，其中也有作者的感慨。当此之时，对友人任何安慰的语言都显得那么拙笨与多余，唯有怅望天上自由舒卷的白云而仰天长叹了。这无言之言，远胜于万语千言，而这种比兴寄托的手法，深得诗中三昧，并蕴含了不尽之余味。钟惺在《唐诗归》中评这两句诗说：“感慨寄托，尽此十字，蕴藉不觉，深味之，知右丞非一意清寂、无心用世之人。”但这首诗比较轻巧，也有人对它评价不高。

下马饮君酒[①]，问君何所之。

君言不得意，　归卧南山陲[②]。

但去莫复问，　白云无尽时。

---

① 饮(yìn)：动词，使饮。　② 南山：指终南山。

翻译

下马设酒请君饮，
问君欲往何处去。
你说郁郁不得志，
归去高卧南山间。
只管隐去别再问，
白云悠悠无穷尽。

奉寄韦太守陟[①]

韦陟是王维的好友，两人多相唱和之诗。天宝二年(743)，韦陟被李林甫排挤，由吏部侍郎出为襄阳太守。王维写了这首诗寄赠韦陟，对他的遭遇表示同情。作者想象韦陟被贬后的处境，通过岁暮时节萧索的荒城、嘹唳的归鸿、倒映寒塘的衰草、客舍飘落的疏桐，烘托出韦陟孤独寂寞的心情。全诗不作正面描写，而是通过侧面的渲染，对友人的思念和关心之情却表现得更加淋漓尽致。

① 奉：敬词。太守：一郡的行政长官。

荒城自萧索，万里山河空。
天高秋日迥，嘹唳闻归鸿。
寒塘映衰草[①]，高馆落疏桐。
临此岁方晏，顾景咏《悲翁》[②]。
故人不可见，寂寞平林东[③]。

① 寒塘：秋日塘水深碧，给人以寒意。 ② 顾景：回顾自己孤独的

身影。景，同“影”。《悲翁》：即乐府古题《思悲翁》。作者在此借用题意，一语双关，表现对韦陟的思念。 ③ 平林：地名，在襄阳之西，此指韦陟任职之地。

翻译

城郭荒凉本自萧条冷落，
万里山河分外辽阔澄空。
秋高气爽显得太阳更远，
南归鸿雁传来哀鸣凄切。
塘水寒碧倒映残荷枯草，
馆舍高耸飘落几叶梧桐。
正当这一年将尽的时节，
顾影徘徊吟咏起《思悲翁》。
老朋友已经难以见到了，
你寂寞地独处平林之东。

冬夜书怀

这首诗大约作于天宝元年(742)后。李林甫当政时，王维作为张九龄起用之人，因而政治上受到压抑，眼见年华流逝，老年将至，却依然位居人下，而那些投靠李林甫的年轻无行文人却都青云直上，所以心中不胜感慨，作品抒发了他仕途不得意的苦闷。作者渲染了冬夜肃杀的景物和凄清的环境，衬托出他萧索迟暮的心情。其中“丽服映颓颜，朱灯照华发”一联，通过色彩对比鲜明而显得很不协调的两个画面，表现了作者无可奈何的心情。

冬宵寒且永，　夜漏宫中发[1]。
草白霭繁霜[2]，木衰澄清月。
丽服映颓颜，　朱灯照华发。
汉家方尚少[3]，顾影惭朝谒。

---

① 夜漏：古代以漏壶滴水，据水面浮箭所指的刻度以定时辰，夜间报更也以此为准。此处夜漏是指报更的鼓声，即漏鼓。　② 霭(ǎi)：霜雾迷茫的样子。　③“汉家”句：此用汉代颜驷不遇之事。据《汉

武故事》载，颜驷对汉武帝说：文帝好文而我好武，景帝喜欢老人而我还年轻，陛下喜欢少年人而我已老，所以三朝为郎。

翻译

冬天夜晚冷又长，
宫中传出更鼓响。
白草茫茫蒙浓霜，
木叶萧疏冷月朗。
华服映我衰颓容，
红灯照我白发苍。
正当朝廷尚年少，
上朝不禁顾影伤。

送陆员外

这首诗约作于天宝九载(750)前后。陆员外是与王维同属尚书省的员外郎，奉命出参安禄山军事，将远赴幽、燕一带，王维作此诗以送别。安禄山当时任平卢、范阳、河东节度使，与奚、契丹之间屡有战事，安禄山曾诱杀了不少契丹人。天宝九载，安禄山封东平郡王(诗喻为“征东”)并入朝献奚俘千人。诗中“万里不见虏，萧条胡地空”，描写了边地人烟稀少、萧条冷落的景象。因此，作者大声疾呼：“无为费中国，更欲邀奇功。”谴责安禄山穷兵黩武、妄开边衅。作者借送别抒发了他对时局的看法，表现了高远的政治眼光，这在他的诗中是不多见的。

郎署有伊人①，居然古人风②。天子顾河北③，诏书隶征东④。拜手辞上官⑤，缓步出南宫⑥。九河平原外⑦，七国蓟门中⑧。阴风悲枯桑，古塞多飞蓬⑨。万里不见虏，萧条胡地空。无为费中国⑩，更欲邀奇功。迟迟前相送⑪，握手嗟异同⑫。行当封侯归，肯访南山翁⑬？

① 郎署：指尚书省员外郎的官署。伊人：犹言此人。 ② 居然：竟然。 ③ 河北：指唐河北道，今北京市、河北省、辽宁省大部及河南、山东两省的古黄河以北地区，为安禄山势力范围。天宝九载，封安禄山为东平郡王兼河北道采访处置使。 ④ 征东：征东将军，此借古官名指安禄山。 ⑤ 拜手：低头至手，古人拜礼之一。 ⑥ 南宫：唐人通常称尚书省为南宫。 ⑦ 九河平原：据《尚书·禹贡》载："九河既道。"伪孔安国传：河水分为九道，平原郡在兖州界以北。⑧ 七国：据《晋书·地理志》载，幽州统郡国七：范阳国、燕国、北平郡、上谷郡、广宁郡、代郡、辽西郡。蓟门：关名。据《唐六典》注，蓟门关在幽州北。 ⑨ 飞蓬：蓬草枯后根断，随风飞舞。 ⑩ 中国：犹国中。 ⑪ 迟迟：缓行貌。 ⑫ 异同：不同。 ⑬ 南山翁：王维自指。

翻译

郎官官署有这样的贤人，
居然保持着古人的作风。
皇上顾念河北道的军事，
诏令他入幕府参赞征东。
再拜辞别了省中的长官，
从容地走出尚书省南宫。
黄河九道奔流于平原外，

七大郡国都在蓟门关中。
阴风吹着枯桑发出悲响，
古老的关塞有茫茫飞蓬。
辽阔万里不见一个敌人，
无限萧条胡地早已一空。
不要再耗费国力和民力，
希冀出兵邀取个人奇功。
我依依不舍地前来相送，
紧握你手嗟叹命运不同。
你即将要立功封侯归来，
可肯来访我这南山老翁？

崔濮阳兄季重前山兴[1]

王维这首诗描写崔季重隐居之处的秋山景色，诗题下原注："山西去亦对维门。"可见诗中所写的也就是王维隐居的蓝田山一带的风光。此诗当作于天宝十二载(753)以后崔季重罢濮阳太守而隐居蓝田时。"悠然西林下，自识门前山"，与陶渊明的"采菊东篱下，悠然见南山"情趣颇近。"千里横黛色，数峰出云间"，写山峦的广大和山峰的高峻，形象鲜明，拙厚中见精巧。"残雨"二句，写景优美，在斜阳照射下，稀疏的残雨明亮发光；山中暮气渐起，飞鸟还巢。结语避开写景，转而惋叹崔季重的罢官隐居，憔悴衰老。

① 濮(pú)阳：郡名，治所在今河南省濮阳市。崔季重：清河郡(治所在今河北省清河县)人，天宝十二载(753)曾任濮阳太守。

秋色有佳兴，　况君池上闲[1]。

悠悠西林下，　自识门前山。

千里横黛色，　数峰出云间。

嵯峨对秦国[2]，合沓藏荆关[3]。

残雨斜日照，　夕岚飞鸟还。

故人今尚尔，叹息此颓颜。

---

① 池上：借用谢灵运《登池上楼》的典。② 嵯峨：山峰高峻貌。③ 合沓（tà）：山峰重叠貌。荆关：柴门。与上句的"秦国"相对，这是一种"假对"，以"荆"对"秦"。

翻译

秋光给人最美好的感兴，
何况你在园池自在悠闲。
你终日优游在西林之下，
自然认识你门前的青山。
连绵千里横陈一片黛色，
几座山峰高耸插入云间。
嵯峨高峻面对秦都故地，
环绕重叠藏着你的柴门。
残雨未尽夕阳余晖斜照，
黄昏岚起归鸟结伴飞还。
老友您如今还闲居如此，
叹息你这等衰老的容颜。

春夜竹亭赠钱少府归蓝田[1]

这首诗是王维赠别钱起之作，钱起有《酬王维春夜竹亭赠别》诗。此诗当作于天宝十载(751)。这首诗由静夜犬声，联想起隐居山中的情景，而所以知“人家涧西远”，也恰是因为静夜犬吠，两联互相引发，互为因果，结构比较新颖。这里所描写的境界与他的《山中与裴秀才迪书》所写的“寒山远火，明灭林外，深巷寒犬，吠声如豹”的意境，也可互相印证。

① 钱少府：即钱起。钱起(710?—780?)，字仲文，吴兴(今属浙江)人，天宝九载(750)进士，曾官秘书省校书郎、蓝田县尉、考功郎中等职。为“大历十才子”之一，有《钱考功集》。少府：县尉的别称。

夜静群动息，时闻隔林犬。

却忆山中时，人家涧西远。

羡君明发去，采蕨轻轩冕[1]。

---

① 采蕨：犹采薇。蕨(jué)：植物名，嫩叶可食，俗称蕨菜。轻轩冕：指轻视官禄。这句指钱起在蓝田的亦官亦隐的生活，由钱起《晚归

蓝田酬王维给事赠别》诗云“卑栖却得性，每与白云归。徇禄仍怀橘，看山免采薇”可见。

翻译

春夜宁静一切生物全都休息，
不时听到隔着竹林几声犬吠。
却使我回忆起在山里的时候，
有人家的地方远在山涧西边。
真羡慕你天明就要启程归去，
安于采蕨生活轻视爵高官显。

洛阳女儿行

这首诗题下原注："时年十六，一作十八。"诗题当是从梁武帝萧衍《河中之水歌》"洛阳女儿名莫愁"而来，《乐府诗集》也收录此诗。作者用铺排的手法和华丽的词藻，着力描写一个为权贵所宠爱的少妇，过着极其骄奢而空虚的生活。结尾笔锋一转，为美艳如玉的西施浣纱江头而无人怜悯鸣不平，以贫女喻寒士，寄托文人怀才不遇的感慨。全诗几乎句句用典，讲究对仗，风格接近初唐卢照邻、骆宾王的七言歌行，但用典已渐近自然，从中可见王维少年时期诗作的特点。

洛阳女儿对门居，才可颜容十五余。良人玉勒乘骢马[①]，侍女金盘脍鲤鱼[②]。画阁朱楼尽相望[③]，红桃绿柳垂檐向。罗帷送上七香车[④]，宝扇迎归九华帐[⑤]。狂夫富贵在青春[⑥]，意气骄奢剧季伦[⑦]。自怜碧玉亲教舞[⑧]，不惜珊瑚持与人[⑨]。春窗曙灭九微火[⑩]，九微片片飞花琐[⑪]。戏罢曾无理曲时，妆成只是薰香坐[⑫]。城中相识尽繁华，日夜经过赵李家[⑬]。谁怜越女颜如玉[⑭]，贫贱江头自浣纱！

① 良人：古代妇女对丈夫的称呼。玉勒：用玉装饰的马络头。骢(cōng)马：毛色青白相间的马。 ② 脍(kuài)：细切的鱼肉。③ 相望：形容楼阁很多，鳞次栉比。 ④ 七香车：用多种香料涂抹或用多种香木做成的车子。这里指华贵的车子。 ⑤ 宝扇：仪仗中的遮扇。古代妇女出行，侍女持扇遮阳。九华帐：色彩缤纷的彩帐。⑥ 狂夫：洛阳女儿谦称自己的丈夫，狂有放荡不羁的意思。 ⑦ 季伦：西晋石崇的字，他是历史上有名的豪富，奢靡成性，常与贵戚王恺、羊琇斗富。 ⑧ 碧玉：南朝宋汝南王妾名。汝南王很宠爱她。梁元帝萧绎《采莲曲》有云："碧玉小家女，来嫁汝南王。"这句是讲家里有歌舞女伎。 ⑨ 珊瑚：《世说新语·汰侈》说，石崇与王恺斗富，王恺拿出晋武帝赐给他的一株高二尺的珊瑚树来，石崇用铁如意一下就把它击碎了。王恺又惋惜又生气，石崇于是搬出六七株高三四尺的大珊瑚，让他随意挑选。 ⑩ 九微：灯名。《博物志》说，汉武帝好仙道，七月七日西王母就乘云车至殿西与他相见，设九微灯。⑪ 琐：指灯烬碎屑。 ⑫ 薰香：将香料放在香炉中熏衣服。 ⑬ 赵李：一说是赵飞燕和汉成帝的另一女宠李平两家，一说是汉哀帝时的豪强赵季和李款。这里泛指权贵。 ⑭ 越女：指西施。

翻译

洛阳女儿正当门而坐，

容貌大约才十五有余。

丈夫骑着玉勒青骢马，
侍女用金盘盛着脍鲤鱼。
画阁红楼重重相望，
垂檐边红桃绿柳栽成行。
罗帏遮送她坐上七香车，
举宝扇把她迎回九华帐。
放荡的丈夫正当富贵又年轻，
豪气和骄奢都超过石季伦。
爱怜碧玉女亲自教歌舞，
全不吝惜珊瑚拿去送与人。
春窗透曙才熄灭九微灯火，
九微灯的灯花片片飞落。
游戏罢再没有时间弹曲，
梳妆成只是熏着衣香坐。
结识的尽是城中富贵人，
日日夜夜出入权贵家。
谁肯怜惜越女美容如玉，
出身贫贱还在江边洗纱！

不遇咏[1]

这首诗当是王维早期作品，写一个穷途落魄之士的困窘和愤慨。首四句一韵，写他欲仕无门，欲隐不得，进退维谷。中四句换韵一转，写他宦游河朔，但又思念远在茂陵的一家人，所以姑且登山临水，借以排遣乡思。后四句换韵再转，写他憎恶世人专替自己打算，决心干一番济世救人的事业，然后功成身退，表现了王维的素志。全诗章法谨严，自然而有风骨。

① 不遇：不被朝廷擢用。

北阙献书寝不报[1]，南山种田时不登[2]。
百人会中身不预[3]，五侯门前心不能[4]。
身投河朔饮君酒[5]，家在茂陵平安否[6]？
且共登山复临水，莫问春风动杨柳[7]。
今人作人多自私，我心不说君应知[8]。
济人然后拂衣去，肯作徒尔一男儿[9]！

---

① 北阙：汉高祖时宫殿北面的门楼，是大臣等候朝见和士人上书奏

事的地方。这里用来表示向皇帝上书。寝不报：压下来不答复。②南山：泛指所隐之山居。时不登：到收获时节没有收成。③百人会：《世说新语·宠礼》载，东晋伏滔参加孝武帝召集的群臣大会后，到家对儿子讲起时就称“百人会”。此指朝廷中的盛大宴会。预：参预。④五侯：汉成帝舅王谭兄弟五人同日封侯，世称五侯。这里泛指权贵。心不能：指不愿干谒权贵。⑤河朔：指黄河以北的地区。君：指诗中抒情主人公所投靠的主人。⑥茂陵：在今陕西兴平，汉武帝陵墓所在地。⑦春风动杨柳：指引起家中妻子的思念。意境出自《子夜四时歌·春歌》：“陌头杨柳枝，已被春风吹。妾心正断绝，君怀那得知！”⑧说：同“悦”。⑨徒尔：仅能如此。

翻译

北阙上书久被搁置不答，
回南山种田到时又歉收。
朝廷的盛会自己不能参加，
权贵的家门心又不愿奔走。
投奔河朔来喝您的美酒，
不知茂陵的家人平安否？
姑且一同登山又临水，
何必管它春风吹动了杨柳。
今人为人大多很自私，

我心里不高兴你当知。

济世救人然后拂衣归山去，

哪甘心白白作了一个男儿！

陇头吟[①]

这首诗主要写老将功高而得不到封赏的悲愤，用以鸣边功难立的不平。它在结构上很有特点，先从长城少年想立边功、登上戍楼观看太白星有无兵象写起，自然转到边塞之夜，由边人凄凉的笛声引出老将的一番感慨。同是边塞之夜，两种心思，暗作对比，少年能否一酬壮志，不说自明。清人方东树评这首诗："起势翩然，'关西'句转收，浑脱沈转，有远势，有厚气，此短篇之极则。"(《昭昧詹言》)

① 陇头吟：乐府古题，属横吹曲辞。本篇题目一作《边情》。

长城少年游侠客[①]，夜上戍楼看太白[②]。

陇头明月迥临关[③]，陇上行人夜吹笛。

关西老将不胜愁[④]，驻马听之双泪流。

身经大小百余战，麾下偏裨万户侯[⑤]。

苏武才为典属国[⑥]，节旄空尽海西头[⑦]。

---

① 游侠：好交游，勇于救人于患难的人。 ② 戍楼：边塞上瞭望敌

情的哨楼。太白：太白星，也叫启明星或长庚星。古代认为它主杀伐，若太白经天，是天下有兵事的兆象。 ③ 陇头：陇山，又名陇坂，在今陕西省陇县至甘肃省平凉一带。山势险峻，为陕甘要隘。 ④ 关西：函谷关以西，即今陕甘地区。古时为秦地，习俗尚武，有“关西出将”的说法。 ⑤ 偏裨（bì）：副将。 ⑥ 苏武：见《李陵咏》诗注。典属国：掌管民族交往事务的官员。苏武回汉朝后，被任为典属国。 ⑦ 节旄：古代使臣所持的符节，上端饰以牦牛尾，也称旄节。《汉书·苏武传》记载，苏武从匈奴归国时，节旄都已落尽。海西头：指苏武仗节牧羊于北海（今贝加尔湖）西边。

翻译

长城少年是仗义轻生的侠客，
夜里登上戍楼看太白的兵气。
陇山上的明月高高照临边关，
陇关上的行人夜晚吹起羌笛。
关西来的老将不胜悲愁，
驻马听笛不禁老泪横流。
身经大大小小百余次战斗，
部下偏将都被封为万户侯。
苏武归汉只被拜为典属国，
节上旄头徒然落尽在北海西头！

寒食城东即事

这是王维的早期作品，描写了唐代繁荣时士女游春的盛况。古代习俗，三月上巳桃花水下之时，王公以下，携眷聚于水畔洗濯，驱除不祥。又据《荆楚岁时记》，寒食之时，造大麦粥，人们常以斗鸡、蹴踘、打秋千为娱乐。这首诗是写长安或洛阳春早，所以不必等到清明、上巳就开始游春了。“蹴踘”二句分写少年男女游玩时的热烈气氛，使人感受到浓厚的早春气息和沉湎于安乐中的景象。清人赵殿成说：“欧阳永叔作《浣溪沙》词，有云‘绿杨楼外出秋千’，晁无咎深美之，以为‘出’字后人道不到。读右丞‘竞出垂杨’之句，则欧公又落第二义矣。”（《王右丞集笺注》）是说这句诗用字之工。

清溪一道穿桃李，　演漾绿蒲涵白芷[①]**。**
溪上人家凡几家，　落花半落东流水。
蹴踘屡过飞鸟上[②]**，秋千竞出垂杨里。**
少年分日作遨游[③]**，不用清明兼上巳**[④]**。**

① 白芷：一种可入药的香草。　② 蹴（cù）踘：古代游戏。蹴，踢。

踘（也作“鞠”），皮制球，球内充塞以柔软的东西。 ③ 分日：逐日。 ④ 清明：节气名。在农历三月初。上巳：节日名。原定为三月上旬的巳日，曹魏以后固定为三月三日。

翻译

一条清溪穿过桃李花林，
水波荡漾着绿蒲滋润着白芷。
溪流边不多几户人家，
落花多半都漂流在东流水里。
踢出的皮球屡屡高出飞鸟上，
荡起的秋千争相飞出绿杨林。
年轻人一天天出来游戏，
全不用等到清明和上巳。

答张五弟

张五即张諲，王维与张諲志趣投合，隐居终南时，王维山居与张諲山居较近。这首诗写很希望他能来共享隐居垂钓的乐趣，借此表示自己不关心世事的心境。全诗写得轻松自然，毫不着力。

终南有茅屋，　前对终南山。
终年无客长闭关，终日无心长自闲。
不妨饮酒复垂钓，君但能来相往还。

翻译

终南山下有我的茅屋，
茅屋正对着终南山。
整年没有客来柴门常关，
整天无所用心常觉心安。
也不妨喝点酒钓钓鱼，
你只要能来请常来玩。

被出济州[1]

开元九年(721),王维进士及第,授太乐丞,不久就因太乐署舞黄狮子获罪,贬官济州司仓参军。这首诗,《河岳英灵集》题作《初出济州别城中故人》,可知是王维赴济州前的留别之作。作者用曲折委婉的笔法,表现了被谪贬的怨愤和归期难测的愁情。首联点题,“微官”句写自己官小职卑,动辄得咎,言外之意,执政者为所欲为,怨愤已溢于言表。当时的执政者是张说,他和太乐令刘贶的父亲刘知几有矛盾,王维是和刘贶一同被贬的。“执政方持法,明君无此心”,写得“怨而不怒”,表面上为玄宗开脱,也说执政者是执法办事,实则是托讽。钟惺说:“‘持法’二字,周旋感慨,立言甚妙!”(《唐诗归》)谭元春也说这二句表现得“极忠厚,极不忠厚”(同上),都认为是委婉点出玄宗听了张说之言,至有此行。“闾阎”以下一联作跌宕之气,由眼前的离别悬想济州的风土情况;结一联则又进一步表示自己负罪不轻,正当年少,却远愁年鬓之改,邈无归期,慨叹转深。

① 出:从朝廷贬官放出。济州:唐时治所卢县,故城在今山东茌平西南,天宝十三载(754),城为黄河陷没。

微官易得罪，谪去济川阴[①]。
执政方持法，明君无此心。
闾阎河润上[②]，井邑海云深[③]。
纵有归来日，多愁年鬓侵。

① 济川阴：指济州。济川，济水，发源于河南省王屋山，南过黄河，东流至山东省，与黄河并行入海。后来下游为黄河所夺，不再有所谓济水。阴，水南叫阴。 ② 闾阎：里巷。古代二十五家为闾，里巷为阎。河润上：指临河土地上，也暗示有地湿的意思。 ③ 井邑：城镇。周制九夫为井，四井为邑。海云深：近海云气浓重。

翻译

官职卑微最容易获罪，
我被贬谪到济水之滨。
执政者正坚持依法办事，
圣明主原无贬斥之心。
村落在黄河浸润的岸边，
城镇的上空海云深深。
纵然不会没有还京的日子，
只怕岁月早已染白了双鬓。

千塔主人[①]

这首诗可能作于开元十七年(729),王维曾到过汴地。颔联所描写的景色,颇有“人家尽枕河”的江南水乡风光。颈联写山村田野,幽淡闲远。作者用一个“散”字,写出村落中鸡犬无拘无束、随处觅食的情景,衬托出山村的宁静自然;下句写桑榆繁茂、田地广远的画面。尾联写寄寓的禅院主人外出,作者以虚无缥缈的云烟作点染,盛赞主人的超然物外,枕席之间还存有烟气。他的《游李山人所居因题屋壁》:“翻嫌枕席上,无那白云何。”《投道一师兰若宿》:“向是云霞里,今成枕席前。”都是这种写法。

① 千塔主人:不详何人,当为僧侣。

逆旅逢佳节[①],征帆未可前。
窗临汴河水[②],门渡楚人船[③]。
鸡犬散墟落, 桑榆荫远田。
所居人不见, 枕席生云烟。

---

① 逆旅:迎接旅客之处,即旅舍。逆,迎。 ② 汴河:唐时指连接黄河和淮河的通济渠的东段。从今河南荥阳北的板渚接收黄河之水,

经开封、安徽宿州、江苏泗洪至泗州(在盱眙对岸,清康熙时州城陷入洪泽湖)与淮相通。 ③ 楚人船:因汴河下接淮河,而淮南古属楚地,所以汴河中有楚人的船只。

翻译

旅途中客舍里正逢佳节,
航船收起风帆不再向前。
窗口正临着汴河的流水,
门外来往着楚人的篷船。
鸡狗自由地活动在村落,
桑榆繁茂树影远荫农田。
居住处又看不见人身影,
只见枕席升起依依炊烟。

归嵩山作

开元中，唐玄宗常住东都洛阳。所以王维从济州贬所返回后，在洛阳附近的嵩山也有隐居之所。这首诗就是他从长安回嵩山时作的。前两联写车马缓缓行进，川水悠悠流去。“暮禽相与还”是用陶诗语意，表现自己与大自然契合无间。第三联则写荒城、古渡、落日、秋山景象，隐隐透出失意的惆怅，与前二联相比，越近嵩山心情越趋寂寞。尾联点题，闭关高卧正是当时不得志文人隐居待时的表现。宋人方回评此诗说：“闲适之趣，澹泊之味，不求工而未尝不工者，此诗是也。”(《瀛奎律髓》)颇能说明这首诗的韵味。

清川带长薄①，车马去闲闲。
流水如有意，　暮禽相与还。
荒城临古渡②，落日满秋山。
迢递嵩高下③，归来且闭关④。

---

① 清川：当指伊水及其支流。　② 荒城：按嵩山附近如登封等地，屡有兴废，荒城当为废县。　③ 迢递：遥远。嵩高：嵩山别称嵩高

山。 ④ 闭关：闭户不和人来往。

翻译

清清的川水引带高高的丛林，
我任车马走起来从容舒闲。
流水好像有意相送，
傍晚的鸟儿伴随我一起还山。
荒凉的古城依傍年代久远的渡口，
将落的夕阳披洒在整个秋山。
我家就在迢远的嵩高山脚，
既归来且把柴门一关。

淇上田园即事

这首诗写淇上田园薄暮风光，自然，亲切。诗当作于开元十六年(728)前后。王维隐于嵩山，淇上可能是他的另一隐居之所。作者所描写的景物紧紧围绕薄暮所见：因为田野平旷，所以看到太阳隐没到村边桑柘之外；夕阳照着河水，所以水面的波光映亮了闾巷；而“日之夕矣，牛羊下来”，所以“牧童望村去，猎犬随人还”。这与王绩《野望》“牧人驱犊返，猎马带禽归”句意相近。作者以“静者亦何事？荆扉乘昼关”一联作结，其间流露出对自己无所事事的自嘲。他的《归嵩山作》：“归来且闭关。”《归辋川作》：“惆怅掩柴扉。”和此诗一样，都是“卒章显其志”，表现他欲用世而未能的感慨。

屏居淇水上[①]**，东野旷无山。**
日隐桑柘外[②]**，河明闾井间**[③]**。**
牧童望村去，　猎犬随人还。
静者亦何事[④]**？荆扉乘昼关。**

① 屏(bǐng)居：退隐。淇：淇水，在河南省北部，流经淇县，注入卫

河。 ② 柘(zhè):植物名,又称“黄桑”,叶可饲蚕。 ③ 闾井:见《被出济州》注。 ④ 静者:守静无为的人。

翻译

我隐居在淇水之畔,
村东原野开阔无山。
夕阳隐入桑柘树外,
淇水光映闾井之间。
牧童向着村中归去,
猎犬随着主人回还。
守寂静者何所作为?
趁着天亮把柴门关。

过香积寺[1]

此诗写作者去探访香积寺，但又不知寺址所在，当为初隐终南时作。作者随意而往，却得佳境。在古树参天、杳无人迹的云雾山中，不知从何处传来的古寺钟声，在空旷的山谷间回荡，给山林添了一层神秘的色彩。山泉低沉呜咽，阳光透出寒意，深山的一切景物都是那么清冷荒僻，独行山中，甚至会给人以孤独无依之感。但作者安然自得，随处游赏，将近黄昏时，在空旷深潭的曲岸摒弃杂念，静坐参禅。全诗通过山中景物的描写，造成一种深邃幽远的氛围，表现了作者超然物外的心境。

① 过：过访。香积寺：宋敏求《长安志》卷十二：“开利寺在（长安）县南三十里皇甫村，唐香积寺也。”《清一统志》：“香积寺在长安县南神禾原上。”据此，香积寺不在山中，疑非王维诗中所指，或王维当时不知香积寺所在。

不知香积寺， 数里入云峰。

古木无人径， 深山何处钟。

泉声咽危石[1]，日色冷青松。

薄暮空潭曲， 安禅制毒龙[2]。

①“泉声”句：即危石使泉声咽。下句语法结构与此相同。咽，水流受到阻滞而发出的声音。 ② 安禅：僧人打坐时身心晏然入于禅定。制毒龙：《法苑珠林》载有槃陀王制服毒龙之事。此处当作克服尘念与妄想解。

翻译

不知香积寺在什么地方，
走了几里误入云拥群峰。
古树参天没有人行路径，
深山何处传来古寺鸣钟。
泉水穿过乱石声音呜咽，
日色惨淡青松更显幽冷。
黄昏时分来到澄净潭边，
安坐参禅抑制心中毒龙。

终南山

本篇当作于王维罢官后隐居终南初期，约与《终南别业》同时。《文苑英华》题作《终山行》。全诗突出对客体的描写，极言终南山的雄奇阔大。作者的观察十分细腻，凡山中的云霭缭绕，岚气飘忽，光色变幻，阴晴不定，都被他尽收笔底。全诗有着一种运动感，作者无意游山，但被终南的气象所吸引，竟自走到山的深处。所以结句写自己本无心入山，但不觉天色已晚，只好觅宿而隔水询问樵夫。诗笔行所当行，而止于所不得不止，完全与大自然融合为一。王夫之《薑斋诗话》认为，“隔水”二句，妙在“初非想得”，只是“现量”（即景会心）。有此结句，才显出适才深入审美观照之中。

太乙近天都[①]，连山到海隅[②]。
白云回望合，　青霭入看无。
分野中峰变[③]，阴晴众壑殊。
欲投人处宿，　隔水问樵夫。

---

① 太乙：一名太一，终南山的主峰，或分为太乙、终南二山。天都：天

帝都城,《太平御览》卷六五九引《太真科》:“玉清有大帝宫殿……上清有玄都玉京……太清有太极宫殿。”天分三清都有帝都,这是道教说法。 ② 海隅(yú):海角。 ③ 分野:古人以天上二十八星宿的位置,标识为各州郡位置称分野。这里指终南山地域。

翻译

巍巍太乙峰高近天帝之都,
山脉连绵直通到东海边隅。
白色云雾回头望倏已合拢,
青翠烟霭走近看却又全无。
终南山境域以中峰为分界,
阴晴变化万山谷光色迥殊。
不觉竟傍晚想找人家投宿,
还隔着条溪水就问讯樵夫。

山居秋暝[1]

这是王维隐居辋川时早期的作品，约作于开元二十年(732)左右。这首诗诗句像不经意地信手写来，那秋日黄昏的美景却如在目前，反映了作者的审美意趣。诗人本不执着，任情去留，无可无不可，因此作者所见的一切景物都是那么清新可喜。“明月松间照”二句，描写出山林的静谧，“竹喧归浣女”二句，则渲染出活泼的气氛，有动有静，动静相间。但不论是动还是静，都那么自然生动而韵味深长。全篇风格明快自然，富于生活气息，具有一种感人的力量。

① 暝：黄昏的时候。

空山新雨后，天气晚来秋。
明月松间照，清泉石上流。
竹喧归浣女，莲动下渔舟。
随意春芳歇，王孙自可留[1]。

---

① 王孙：此句反用淮南小山《招隐士》“王孙兮归来，山中兮不可以久留”的意思，王孙实亦自指，反映出无可无不可的襟怀。

翻译

空旷的群山沐浴了一场新雨，

夜晚降临使人感到已是初秋。

皎皎明月从松隙间洒下清光，

清清泉水在山石上淙淙淌流。

竹林喧响知是洗衣姑娘归来，

莲叶轻摇想是上游荡下渔舟。

春日的芳菲不妨任随它消歇，

秋天的山中王孙自可以逗留。

山居即事

王维思想有积极的一面，所以他的山水田园诗注重写景物和人有生命力的美，在淡泊自然中寓有活力。这首诗写的是初秋晚景，首先反映出与松鹤为朋的乐趣，随后作者又在这幅夕景上点染了鲜明的色调：嫩竹成丛，节上初生一层新粉，荷花结子落下旧的红妆。自然生态，到处可爱。结句从近眺写到远望，遥见渡头渔舟上点点灯火，知道是采菱人从各处归来，情趣盎然，不减王勃的"渔舟唱晚，响穷彭蠡之滨"（《滕王阁序》）。

寂寞掩柴扉， 苍茫对落晖。
鹤巢松树遍①，人访荜门稀②。
嫩竹含新粉③，红莲落故衣④。
渡头灯火起， 处处采菱归。

---

① 鹤巢：即鹤栖，"巢"作"栖宿"解，不是名词"窝"的意思。 ② 荜门：竹条或荆条编的门，意思同荆门、柴门。 ③ 新粉：《格物总论》说竹初抽生茎，箨脱落处有粉。 ④ 故衣：荷花残瓣。

翻译

心情寂寞地把篱门掩上，

苍茫暮色中独对落日余辉。

鹤栖宿遍布周围的松树，

柴门来访的人冷落疏稀。

嫩竹节已添上一层新粉，

老荷花早落下片片红衣。

渡口边的渔火星星点点，

是处处采菱人荡舟来归。

春园即事

这首诗写春日田园景色，意境清丽淡远，然而又色彩鲜明，写景如画。田畦既分，白水流入畦垅之间，从远处看去，清水在阳光的映照下闪着白光；在翠绿的柳树丛中夹杂着几树火红怒放的桃花。在这首诗中，作者以具体形象的语言，描写出隐者的生活，写出了特定环境中的特有景象。但这种渲染之笔，很像一篇高士传，所写的还是理想中的人物。

宿雨乘轻屐①，春寒著弊袍。
开畦分白水②，间柳发红桃。
草际成棋局，林端举桔槔③。
还持鹿皮几④，日暮隐蓬蒿⑤。

---

① 乘：穿上。屐（jī）：木制底带齿的鞋。 ② 畦：田地中的垅。 ③ 桔槔（jié gāo）：古代一种从井中打水的工具，所运用的是杠杆原理。举：指桔槔的一端翘起。 ④ 鹿皮几：隐士所用的用鹿皮制作的小几，可依倚。 ⑤ 蓬蒿：蓬草和蒿草，指所隐居的草野。

翻译

昨夜雨湿蹬上轻便木屐，
春寒料峭穿起破旧棉袍。
挖开畦埂清水分灌田垅，
绿柳中夹杂开放着红桃。
野草地一块块好像棋枰，
树林边高扬着汲水桔槔。
还拿来那鹿皮面的小几，
黄昏后凭倚它隐身蓬蒿。

过感化寺昙兴上人山院[①]

这首诗写昙兴上人薄暮策杖溪头迎客的情况，借此写出所见美景。以夜深静坐山寺的空寂，表现上人的超逸不俗。虎溪的用典，是以高僧慧远比昙兴上人，表达对他的敬重，同时也是以陶渊明自况。第二、三联写山中回响，绕院水流，野花自发，谷鸟自鸣，得自在趣。结联写夜深空林静坐感受，有达摩面壁的意味，禅趣极深。

① 感化寺：一作化感寺，在陕西蓝田。昙兴上人：未详。上人是对和尚的尊称。

暮持筇竹杖[①]，相待虎溪头[②]。
催客闻山响[③]，归房逐水流。
野花丛发好，　谷鸟一声幽。
夜坐空林寂，　松风直似秋。

---

① 筇（qióng）竹：竹名，出四川邛崃山，节高实中，由张骞使西域得筇竹杖而得名。　② 虎溪：《莲社高贤传》说，慧远法师居东林寺，寺旁有溪，慧远每当送客过溪，即有虎鸣，因名虎溪。后来送客不再过溪。一日与陶渊明、道士陆修静语道契合，不觉过溪，虎即骤鸣，三

人相与大笑。今庐山东林寺犹有虎溪桥。 ③ 山响：催客声引起山谷回音。

翻译

傍晚时你拄着筇竹手杖，
等待着我在虎溪水头。
山谷回响起催客的声音，
你回僧房一路沿着溪流。
野花成丛开得自然美好，
深谷一声鸟鸣更觉山幽。
夜间静坐空林万籁俱寂，
松下风来只觉飒飒如秋。

辋川闲居赠裴秀才迪

王维喜欢写秋日的晚景，这是他的又一首名作。全诗写裴迪和自己在一起时的生活情趣。首联、颔联写物，颈联、尾联着重写裴的醉态，人景交替，随兴即目，直抒所见，写法上别具一格。作者以寒山、秋水、落日、孤烟等富有季节和时间特征的景物入诗，以“转”“日”写秋光的变化，以“倚杖”“临风”写人的动止，以“余”“上”写暮景的来临，写宁静的山居很富于运动感。“复值”二句写人景并美，并描绘出人物的狂狷之态。接舆指裴迪，五柳指自己，用典“俱凑手偶然，非著意处”，“以高洁写清幽，故胜”（王夫之《唐诗评选》卷三）。

寒山转苍翠，　秋水日潺湲。
倚杖柴门外，　临风听暮蝉。
渡头余落日，　墟里上孤烟。
复值接舆醉[①]，狂歌五柳前[②]。

---

① 接舆：春秋时楚国隐士。《论语·微子》记载：一次他歌唱着从孔子的车前走过：“凤兮！凤兮！何德之衰？往者不可谏，来者犹可

追。已而！已而！今之从政者殆而！”孔子想和他交谈，他却避开了。这里指裴迪。 ② 五柳：陶渊明曾作《五柳先生传》，以五柳先生自况，说自己门前有五棵柳树。这里是作者自喻。

翻译

寒秋的山色更变得深绿，
秋水一天天潺潺不停。
我拄着手杖伫立柴门之外，
迎风听那傍晚的蝉鸣。
渡口处只剩下一轮落日在水面上，
村落里的炊烟正袅袅上升。
刚好碰到接舆你喝醉了归来，
在我五柳的门前狂歌纵情。

酬虞部苏员外过蓝田别业不见留之作[1]

虞部苏员外远来蓝田别墅过访，又折回去，未能留晤，并且作诗相赠，因此王维作这首答诗，以曲致蕴藉的笔法酬谢。前四句表达自己的歉意。作者先从山居贫寒荒凉的环境写起，接着点明苏员外来访，而石路狭隘，不能不使贵客回车，“山家”也无人候门迎待。此用陶渊明《读山海经》诗“穷巷隔深辙，颇回故人车”及《归去来兮辞》“稚子候门”诗意，而巧妙地加以变化。后四句极写辋川冬日夜景的壮美和萧散意趣。渔舟冻浦、猎火寒原、疏钟夜猿，一一概括入诗，用以慰藉苏员外夜访过门不入的遗憾，表现了作者超逸的审美感。虞部是掌渔猎的官，所以诗中有不少这方面的点染，更切合对方身份。明人钟惺说此诗“后四句似不沾题，映带蕴藉，妙在言外，此法人不能知”（《唐诗归》），评得较切。

① 虞部：官名。北朝置虞部尚书，唐改为虞部郎中、员外郎，属工部，掌山泽苑囿等事。苏员外：未详何人。员外是员外郎的简称。蓝田别业：即蓝田别墅，在陕西蓝田西南辋川谷口。不见留：指没有留宿。

贫居依谷口[1]，乔木带荒村。

石路枉回驾[2]，山家谁候门[3]。

渔舟胶冻浦，　猎火烧寒原[4]。

惟有白云外，　疏钟闻夜猿[5]。

---

① 谷口:《陕西志》载，辋川在蓝田南峣山山口，川尽处为鹿苑寺，即王维别业。谷口也用西汉隐士郑子真隐居谷口的意思。　② 枉:委屈。　③ 山家:蓝田山居。　④ 猎火:打猎的山火。　⑤ 钟:寺院的钟声。闻:赵殿成疑是“间”字的讹误，句意较顺。

翻译

寒舍依偎在辋川谷口，

乔木围绕荒僻山村。

狭隘的石路委屈你只好回车，

山居人家哪有人来候门。

渔船正冻结在冰封的浦口，

猎火燃烧在寒冷的荒原。

这时只有白云之外的远处，

疏钟和夜猿的啼声可闻。

送丘为落第归江东[1]

《唐才子传》卷二："(丘为)初累举不第，归山读书数年，天宝初(按，据《登科记考》在天宝二年)刘单榜进士。王维甚称许之，尝与唱和。"这首诗写丘为应试不中还江东，当是开元二十三、四年(735、736)，王维官右拾遗时的作品。前六句围绕"落第归江东"着笔：首联写丘为春天不第；二联写他客居贫穷，失意还家，对仗工整；三联写他家乡情况和归去的凄凉，意境凄恻动人。尾联愧叹自己知贤而不能荐，心情沉重，见出作者与丘为深厚真挚的情谊。

① 丘为：唐诗人，嘉兴(今属浙江)人，官至太子右庶子。江东：指吴越一带，丘为家在越地。

怜君不得意，况复柳条春。
为客黄金尽[1]，还家白发新。
五湖三亩宅[2]，万里一归人。
知祢不能荐[3]，羞为献纳臣[4]。

---

① 为客：作客他乡。黄金尽：《战国策·秦策》载，苏秦游说秦王，书十上而说不行，黄金百斤尽。这里指盘缠花光。　② 五湖：指太湖。

丘为家在太湖南的嘉兴。三亩宅：形容田宅极少，出身贫寒。③ 祢：祢衡，东汉人，有才辩，与孔融友善，孔融曾上表推荐他。这里借指丘为。 ④ 献纳：把意见献给皇帝以备采纳。唐武后时置理匦使，玄宗时改为献纳使，以补阙、拾遗、御史中丞、侍御史等官员兼任。按谏官职在献纳，王维当时任右拾遗，所以自称献纳臣。

翻译

叹惜你又一次不能遂意，
何况在这柳条新绿的初春。
客游京城黄金全都用尽，
回家时只落得白发添新。
太湖边只有你三亩宽的田宅，
遥遥万里外凄凉凉一个归人。
深知你祢衡的才华却没能推荐，
我深惭空作一名献纳之臣。

寄荆州张丞相[1]

张丞相即张九龄。开元二十五年(737),监察御史周子谅上书忤旨,被杖死。张九龄因曾引荐过周子谅,受到牵连,被贬为荆州长史。张九龄是一位贤相,对王维又有知遇之恩,他的被逐,对王维来说,意味着他理想中的开明政治的终结。王维的这首诗即寄托对张九龄的深切怀念,抒发世无知音,自己也将归老丘园的情怀。尾联写鸿雁过尽,无从寄书给张九龄抒发自己难言的隐痛,意在言外。

① 荆州:唐代州名,故治在今湖北江陵。

所思竟何在? 怅望深荆门[1]。
举世无相识, 终身思旧恩。
方将与农圃[2],艺植老丘园[3]。
目尽南飞雁[4],何由寄一言!

---

① 荆门:山名,在湖北宜都西北。这里指荆州。 ② 农圃(pǔ):种粮和种菜的人。 ③ 艺:种植。丘园:即田园。 ④ 雁:鸿雁,古人认为它能替人传递书信。

翻译

我所思念的人究竟在哪里？
怅然凝望荆门是那样遥深。
整个世上都没有了解我的人，
终生铭记着你旧日的厚恩。
我也将要和老农老圃一道，
植稼种蔬终老田园。
眼望南飞的鸿雁匆匆经过，
却不能寄上只语片言！

观　猎

这是一首描写将军出猎的诗。诗的起句先写角弓鸣响、箭风劲疾，然后才点出是将军冬猎。方东树在《昭昧詹言》中评这首诗的起句："直疑高山坠石，不知其来，令人惊绝。"第二联作者只把猎鹰目光之锐和猎骑驰逐之速写出，而猎获之多自知。作者用"疾"字刻画鹰眼锐利，以"轻"字形容马蹄迅捷，细腻传神。第三联用"忽过""还归"总概射猎所在与归来之处，句势稍抑，以使结句归于安闲。作者所写与《诗经·车攻》结尾写猎罢"萧萧马鸣，悠悠旆旌。徒御不惊，大庖不盈"很相似。这首诗当写于开元二十五年(737)出使塞上之初。

风劲角弓鸣[①]，将军猎渭城[②]。
草枯鹰眼疾，　雪尽马蹄轻。
忽过新丰市[③]，还归细柳营[④]。
回看射雕处，　千里暮云平。

---

① 角弓：以兽角作弓角装饰的弓。　② 渭城：本为秦都咸阳城，汉时因其南临渭水，改名渭城，治所在今陕西省咸阳市东北三十里。

③ 新丰市：在今陕西省临潼东北。因汉高祖之父思念丰地故里，于是高祖将骊邑的城市街里仿丰邑而改筑，迁丰地人民居住，汉高祖十年改名新丰。 ④ 细柳营：在今陕西咸阳市西南渭河北岸，为汉代名将周亚夫屯兵之所。《史记·绛侯周勃世家》载：汉文帝亲往细柳营劳军，至营门被阻，不得驰入，周亚夫传令开营门，请文帝按辔徐行，亚夫以军中之礼见文帝。后人遂以细柳营代指纪律严明的军营。

翻译

风声疾劲传来角弓弦鸣，
是将军驰骋正射猎渭城。
草枯后猎鹰眼更显锐利，
雪尽了骏马蹄跑得更轻。
瞬息间已驰过新丰市境，
猎罢后又回到细柳军营。
回首望不久前射雕之处，
暮云千里低垂连接地平。

使至塞上

开元二十五年(737)春,河西节度使崔希逸袭破吐蕃。初秋,王维以监察御史的身份奉使前往边地,并任节度判官,本篇即作于出塞途中。前四句突出主体,单车出塞,意气飒爽。“单车”二句笔力陡健,次二句再反映孤身出塞,以边塞景色与征蓬、归雁相映带。“大漠”二句,如异峰突起,于平常中出新奇,作者以新鲜的直觉感受,写出大漠孤烟、长河落日的壮美景象。“直”字、“圆”字,既是即目,又传烟、日之神,置于广阔空间,自有立体感受。结句虚写我军胜利的情况,既符合奉使出塞的题意,又余有路程尚远的不尽之意,使全篇雄浑一致,不落凡近无力之病。诗中居延、萧关、燕然均为汉征匈奴典故,不是实指,所以萧关在南,与诗意不妨。

单车欲问边, 属国过居延[①]。

征蓬出汉塞, 归雁入胡天。

大漠孤烟直, 长河落日圆。

萧关逢候骑[②],都护在燕然[③]。

① 属国:附属国,汉代把那些依附于汉的少数民族分置为几个属国。居延:即汉居延属国。汉末设县,属张掖郡,故城在今内蒙古额济纳旗东南。 ② 萧关:又名陇山关。在今宁夏固原东南。候骑(jì):侦察骑兵。 ③ 燕然:山名,即今蒙古国境内的杭爱山。东汉窦宪北破匈奴,曾于此山刻石纪功。

翻译

乘单车想去存问边关,
路经的属国已过居延。
千里飞蓬也飘出汉家城堡,
北归大雁正翱翔塞外云天。
浩瀚的沙漠中孤烟直上,
无尽的黄河上落日正圆。
到萧关才遇到侦候骑兵,
告诉我大都护已在燕然。

凉州郊外游望①

本诗是开元二十五年(737)作者出塞至凉州时所写。当时王维在河西幕府中兼任判官。由于久居内地,所以边州的风土民俗给他以全新的感受。王维诗喜欢写风土民情,所以诗中描绘了当地人民祭神求福的场面,将凉州的祭赛巫风写得很生动。结句化用曹植《洛神赋》中的“凌波微步,罗袜生尘”,表现出女巫婆娑起舞的可爱。

① 凉州:今甘肃省武威市。唐时为河西节度使幕府所在地。这里地处祁连山麓,汉唐时为通西域的要道,与张掖、酒泉、敦煌、金城四郡均为重镇。

野老才三户, 边村少四邻。
婆娑依里社①,箫鼓赛田神②。
洒酒浇刍狗③,焚香拜木人④。
女巫纷屡舞⑤,罗袜自生尘⑥。

---

① 里社:乡里祭祀土地神之处。古代社旁常植大树,一般为松、柏、栗,作为社的标志。 ② 赛:旧时祭祀酬神叫赛。田神:田土之神,

相传所祭之神是神农。 ③ 刍(chú)狗:干草扎成的狗,古人用以祭神求福。 ④ 木人:木偶,指田神。 ⑤ 纷:纷然,舞貌。 ⑥ 罗袜:丝罗制的履袜。

翻译

郊野的农家户数不多,
边地的庄子很少四邻。
依傍着社树婆娑起舞,
吹箫击鼓赛祭田神。
洒酒浇在草扎成的狗上,
燃起香叩拜木偶神人。
女巫们一次次翩翩起舞,
罗袜不觉沾满了浮尘。

送刘司直赴安西[①]

这是一首送别友人赴边疆参加都护幕府的诗。前四句写边地的遥远荒凉，雁书难达，行人稀少，展示着去程的艰辛。后四句一变去时的悲凉为壮丽，是盛唐气象。结句作叮咛语，希望对方此去能为巩固边防贡献力量，让外国畏惧我方强大的军力，谋求边境的安定。当时唐朝与突厥、契丹缔结和亲之约，都缺乏成效，所以诗中发出了这样的议论。

① 刘司直：未详何人。司直，官名，唐时大理寺有司直六人，掌奉旨出使复审疑案。安西：指安西都护府，治所在龟兹（今新疆库车地区）。

绝域阳关道[①]，胡烟与塞尘。
三春时有雁[②]，万里少行人。
苜蓿随天马[③]，蒲桃逐汉臣[④]。
当令外国惧，不敢觅和亲[⑤]。

---

① 绝域：指离中国遥远、道路难通的地区，此指西域。阳关：关名，故址在今甘肃省敦煌市西南，以其在玉门关之南，故曰阳关。 ② 三

春：古人分春季三个月为孟春、仲春、季春，合称三春。也单指春季的第三个月。 ③ 苜蓿(mù xu)：原产西域。是马最爱吃的野生植物。天马：马名，产于大宛。 ④ 蒲桃：即葡萄。《史记·大宛列传》载，大宛国俗嗜葡萄酒，马嗜苜蓿，汉使取回种子，中国才开始种植苜蓿、葡萄。 ⑤ 和亲：君主以皇室女子远嫁外族，以求两国和睦，叫和亲。

翻译

通往西域遥远的阳关道上，
满眼是边塞的烟气和沙尘。
整个春天偶有大雁飞过，
万里路上很少见到行人。
苜蓿草将随汗血马传入，
葡萄种也被汉家使臣带回。
这一去自应让外族惧怕，
使他们不敢再强求和亲。

送赵都督赴代州得青字[1]

赵都督未详其人。他将出征赴代州，王维及其友人为他送行，分韵作诗。王维拈得青字韵，写成这首五律。首联说赵都督出征上应天象，下得春时，并暗切“细柳营”，起调很高。第三句暗用程不识治军严整故事（见《汉书·李广传》）。第四句既写实，又切韩信出兵井陉故事。第三联写他忘身家远赴代北。结联写他投笔从戎，立志的宏烈。全诗意气昂扬，风格豪迈，不仅是为出征者壮行色，也表现了诗人自己立功边疆的思想。

① 都督：官名，掌督一州的军事。代州：州名，治所在今山西代县，辖境相当于今代县、繁峙、五台、原平等地，唐置中都督府。得青字：旧时诗人聚会赋诗，选定若干字为韵，由各人分拈。得青字即拈得青字韵。

天官动将星[1]，汉地柳条青。

万里鸣刁斗[2]，三军出井陉[3]。

忘身辞凤阙[4]，报国取龙庭[5]。

岂学书生辈， 窗间老一经[6]！

① 天官：天上的星座。古人用星宿比配帝王将相。将星：《隋书·天文志》说，天上有十二颗天将军星，主兵象，将星动是出兵征伐的预兆。 ② 刁斗：古代行军用具，铜制，白天用来做饭，夜里用来打更巡逻。 ③ 三军：周代天子六军，大国诸侯三军，这里泛指军队。井陉（xíng）：古要塞名，在今河北省井陉县，汉代韩信曾在此大破赵军。④ 凤阙：汉宫阙名，上有铜凤凰，故名。这里指唐王朝的宫廷。⑤ 龙庭：匈奴单于祭天地的地方，即其根据地，但往往转移，难以确指。 ⑥ 一经：一部经典，即《诗》《书》《礼》《易》《春秋》五经之一，唐代考试制度，可以专治一经。

翻译

天上星宿中的将星动了，
汉家营地上的柳条青青。
万里征途刁斗声声鸣响，
三军将士迅速越过井陉。
辞别帝宫全忘了身家，
立功报国定要夺取龙庭。
哪里肯学那些书生之辈，
终老窗前死啃一经！

汉江临泛[1]

开元二十八年(740),王维以殿中侍御史知南选路过襄阳,这首诗是作者临汉江泛舟游赏而作。首联一笔勾勒出汉江的形势全貌。颔联写江水浩荡,一泻千里,流出人们的视野。江上水气浮动,所以两岸山色时隐时现。这两句诗,一作纵向描绘而气势磅礴,一作空间点染而气象深远,把如画的汉江美景呈现在读者眼前。颈联从动荡的船中用错觉写郡邑的浮动以及江天相接处天空的摇动,反映汉江的壮阔,细腻传神,和孟浩然《望洞庭湖赠张丞相》诗"气蒸云梦泽,波撼岳阳城"相比,更富动态。全诗意境开阔,气魄宏大。

① 汉江:一称"汉水",古又称"沔水",源出于今陕西省宁强县北嶓冢山,流经襄阳,到汉口入长江。临泛:《瀛奎律髓》作"临眺"。

楚塞三湘接[1],荆门九派通[2]。
江流天地外,山色有无中。
郡邑浮前浦,波澜动远空。
襄阳好风日[3],留醉与山翁[4]。

① 楚塞：楚国的边塞。湖北一带的汉水流域，战国时属于楚国。三湘：湖南有湘潭、湘阴、湘乡，合称三湘。一说湘水与漓水称漓湘，合潇水称潇湘，合蒸水称蒸湘，也称三湘。 ② 荆门：见《寄荆州张丞相》诗注。九派，指长江的九条支流。《尚书·禹贡》孔氏传认为，长江在荆州分为九支。 ③ 襄阳：即今湖北省襄阳市，位于汉江中游。④ 山翁：晋朝山简，字季伦，曾为征南将军，镇守襄阳，终日饮酒游乐。这里借指襄阳太守。

翻译

楚国的塞垣和三湘边境相接，
荆门水与长江九条支流连通。
江流奔腾仿佛溢出天地之外，
山色空蒙介于似有若无之中。
城郭依稀如漂浮在前面浦口，
波澜浩荡像撼动远处的天空。
风和日丽襄阳景色多么美好，
真想留下和你山公醉饮千盅。

送张五諲归宣城[①]

张諲此行当是辞官归宣城郡，王维写了这首诗送他，诗中表现了与故友分离的伤感。“渔浦南陵郭，人家春谷溪”，点出张諲故乡之美，而“欲归江淼淼，未到草萋萋”一联，写景含情，余味不尽。友人将要远归，因此，望着浩渺的江水，自然怀着游子的无限惆怅，多少话语，都在不言之中；下句写张諲已行而未到之时，看见秋草萋萋，景色萧瑟，平添离人的苍凉迟暮之感。这两句诗看似平淡而感情深沉，写出了作者的别离之情。

① 宣城：郡名，治宣城县，即今安徽省宣城。唐时所属有宣城、泾县、南陵、当涂、太平等县。张諲家或在宣城、南陵间。

五湖千万里，　况复五湖西[①]。
渔浦南陵郭[②]，　人家春谷溪[③]。
欲归江淼淼，　未到草萋萋[④]。
忆想兰陵镇[⑤]，　可宜猿更啼[⑥]。

---

① 五湖：见《送丘为落第归江东》注“五湖”。五湖西指宣城。　② 南陵：今安徽南陵县。唐时为宣城郡属县，县东邻接宣城县。　③ 春谷

溪：汉代春谷县境唐时属南陵县，境内有溪名春谷水。 ④ 萋萋：草盛貌。 ⑤ 兰陵：即兰陵城。东晋侨置兰陵郡及兰陵县，故城在今江苏常州市西北，张諲曾在这里居住。 ⑥ 可：岂。更：一作“夜”。这句是讲宣城一带山中有猿，故有“猿更啼”。

翻译

五湖距离此地有千万里，
何况你还要去五湖之西。
渔舟停泊在南陵城外，
人家依傍着春谷清溪。
你将归去恰逢江水浩渺，
未到家时已是秋草萋萋。
到家后又将忆起兰陵古镇，
更那堪宣城的山猿哀啼。

酬张少府

这首诗表现了王维在李林甫当政时的思想。王维早年是有一定抱负的:“济人然后拂衣去,肯作徒尔一男儿。”但由于李林甫当政,他济世救人的志向无法实现,虽然还在朝中,但常怀隐逸之念。“松风吹解带,山月照弹琴”二句,即写旧林的逍遥适意。尾联借答张少府(未详何人),用《楚辞·渔父》结意,表现他企羡渔父的悠然独往,不问穷通。渔歌入浦,以不答为答,含不尽之意于言外。

晚年惟好静, 万事不关心。
自顾无长策①,空知返旧林②。
松风吹解带, 山月照弹琴。
君问穷通理, 渔歌入浦深。

---

① 长策:好计策。 ② 空知:徒然知道。旧林:旧日曾经隐居的园林。

翻译

到了晚年惟独喜好清静,

人间一切事情都不关心。
顾念自己没有济世良策，
徒然知道返归旧居园林。
松间清风吹开我的衣带，
山中明月照我弹奏鸣琴。
你想问穷困通达的道理——
水浦深处传来渔父歌声。

秋夜独坐

本诗应是李林甫当政时的作品。王维久经人世坎坷，面对自己的晚年处境，转而向往真能参悟无生的境界。“雨中山果落，灯下草虫鸣”，这极微的动态与音响更显出环境的静谧与凄清。这两句诗的艺术性较高，但他这种孤寂感却不完全真是从生理上的老病而来，而是由时事的变化给作者以精神上的压力所致。“学无生”，虽是表明作者遭遇艰难之后所做的消极选择，但也说明他始终没有真正摆脱世事，不过是为了躲避当权者的猜忌，而以参禅除去烦恼。

独坐悲双鬓，空堂欲二更。

雨中山果落，灯下草虫鸣。

白发终难变，黄金不可成①。

欲知除老病，惟有学无生②。

---

①“黄金”句：《史记·封禅书》载，汉武帝时，有方士栾大诡称“黄金可成，而河决可塞，不死之药可得，仙人可致也”，因此武帝封他五利将军。后均无效验，被杀。黄金可成，亦指炼丹术。 ② 无生：佛家

语，谓世本虚幻，万物实体无生无灭。但禅宗认为这一点人们是难以领悟的。

翻译

独自静坐暗悲双鬓斑白，
厅堂空寂秋夜将近二更。
淅沥雨声中山果簌簌掉落，
昏黄灯光下蟋蟀断续低鸣。
满头白发终究难再变黑，
炼金炼丹术也不能成。
想知道如何消除衰老病痛，
只有学那佛家的无死无生。

冬晚对雪忆胡居士家[1]

胡居士是王维的朋友，性格旷达而家贫，王维曾赠米相济，并作《胡居士卧病遗米因赠》。这首诗当作于天宝中。作者由冬日清晨下雪时自己所见所感，最后转入写想象胡居士雪天高卧，表达对友人的敬仰和关怀。其突出的特点是写隐居的高洁。第二句“清镜览衰颜”有迟暮感。二联“隔牖风惊竹，开门雪满山”写的意境最好，自己旷达的意思已寓其中。三联继续写雪，但特别表现晨雪带来的闲静。结联点明是“忆”，以想象胡居士超然如袁安一样高卧作结，说明胡居士比自己还要旷达高逸。

① 胡居士：名字未详。古代称信佛而不出家的人为居士。

寒更传晓箭[1]，清镜览衰颜。
隔牖风惊竹， 开门雪满山。
洒空深巷静[2]，积素广庭闲[3]。
借问袁安舍[4]，翛然尚闭关[5]。

---

① 箭：古代计时仪器漏壶中的箭标，上面刻有度数，随着漏壶里的水不断下滴，箭标上的刻度依次显露出来，依据时刻报更。 ② 洒空：

指下雪。《世说新语·言语》说，谢安曾在下雪时把子侄们聚在一起，问他们雪下得和什么东西相似，侄子谢朗应声答道："撒盐空中差可拟。" ③ 积素：积雪。 ④ 袁安：字邵公，东汉汝南汝阳（今属河南）人。有一年大雪下了一丈多深，穷人都扫雪出来讨饭，只有袁安家门前被雪封住。洛阳令以为他已冻死，命人扫雪而入，却见他躺在床上睡觉。问他为什么不出去，他说："大雪天大家都在挨饿，不该去求人。"这里借指胡居士家境贫寒，品格高尚。 ⑤ 翛（xiāo）然：一任自然、无所关心的样子。

翻译

寒冷的更声已传报拂晓时刻，
明镜中先看到自己的衰老容颜。
隔窗听风声乱撼着窗前的丛竹，
推门见大雪盖满了对面的群山。
飘洒空中早使那深长的小巷宁静，
白皑皑的积雪更觉庭院宽广清闲。
试问袁安你在家里怎样？
想必坦然高卧柴门依旧紧关。

待储光羲不至

储光羲，开元天宝间诗人，开元十四年(726)进士，与王维友好，二人常有诗互相唱答。本诗约作于天宝六载(747)左右，这时储光羲在朝中任职。诗中很细腻地写诗人早朝时等待好友而不至的心情。先是在宫门刚开时就盼望他的车声，继之想象一听到他的玉佩声，自己就出门迎接。而钟正鸣于上苑，雨恰洒过春城，则是在写最后的企盼。结句写已明知友人不来，而期待之情仍萦绕在怀，经久不去。这首诗深一层的意思实在前四句，即肯定储光羲的值得人敬爱的为人，所以写期待之殷。

重门朝已启， 起坐听车声。
要欲闻清佩①，方将出户迎。
晓钟鸣上苑②，疏雨过春城。
了自不相顾③，临堂空复情。

① 清佩：佩玉清脆的声响。佩，玉佩，古人系在襟带上的饰物，行动时发出有节奏的响声。 ② 上苑：这里指皇帝的宫苑。 ③ 了自：已然，竟自。

翻译

一道道城门黎明已经开启，

起身又坐下只因聆听门外车声。

总想听到你清美的佩玉声响，

那时就立即出户相迎。

报晓的钟声从宫苑传来，

稀疏的春雨刚洒过京城。

你竟然完全不来相访了，

伫立空堂徒怀思念之情。

早　朝

天宝四载(745),杨太真被册封为贵妃;天宝七载(748),杨国忠为度支副使,杨氏一门皆显贵。同时,唐玄宗又屡聘方士,寻仙访道以求长生。本诗对此进行了讽刺。作者用笔委婉,透露出对时局的隐忧。柳暗花明,京城春深如海,而在这春光骀荡中却潜伏着不安的因素。皇帝耽于太平安乐,周围侍从多如东方朔一类以滑稽、阿谀得宠的人。诗中写玄宗下朝后,杨贵妃亲乘玉辇迎接。“仍闻”二字,露出讽刺锋芒,担心玄宗重蹈秦皇、汉武覆辙,表明自己的否定态度。这是王维集中少见的一首政治讽谕诗。

柳暗百花明，　春深五凤城①。
城乌睥睨晓②，宫井辘轳声③。
方朔金门侍④，班姬玉辇迎⑤。
仍闻遣方士⑥，东海访蓬瀛⑦。

---

① 五凤城:指京城长安,京都号凤城。五凤,五种彩色的凤。② 睥睨(pì nì):城墙上的小墙,即女墙。　③ 辘轳:汲取井水的转

轴。 ④ 方朔：东方朔，西汉文学家，性格诙谐滑稽，武帝时为太中大夫。《汉书·东方朔传》："上大笑，因使（东方朔）待诏金马门，稍得亲近。"金马门：汉武帝得大宛马，命立铜铸马于鲁班门外，因称金马门，文士多在此等待诏命。 ⑤ 班姬：班婕妤，汉成帝宠妃。玉辇：帝王后妃所乘之辇。 ⑥ 方士：方术之士，指古代自言能求仙、炼丹、使帝王长生的人。 ⑦ 东海：《列子》中说，渤海之东有大壑，其深无底，其中有五山，一曰岱舆，二曰员峤，三曰方壶，四曰瀛洲，五曰蓬莱。山高三万里，上有珠玕之树，花果皆有滋味，食之不老不死。蓬瀛：蓬莱、瀛洲二山的合称。

翻译

柳色转深百花耀眼鲜明，
凤城长安春色正是艳浓。
女墙上乌啼东方透晓，
宫井旁汲水辘轳有声。
东方朔已在金马门外侍候，
班婕妤早乘玉辇亲自相迎。
频频听说皇帝派遣了方士，
渡东海求仙药远到蓬瀛。

送邢桂州[1]

王维此诗作于上元二年(761)以前。邢桂州名济，此去桂州赴任，王维写此诗送别。从诗的内容来看，邢济似由江南调任。诗中连用了几个地名，并用了《楚辞》中的句子，但一气而下，流转自然。其中“日落江湖白，潮来天地青”一联，气势磅礴，优美中见壮阔，是历来传诵的名句。最后一联是作者的用意所在，希望邢济以善政安民，而不要采取镇压的政策，但作者巧妙地运用典故，以颂为劝，诗意十分委婉。

① 桂州：即今广西桂林市，唐时属岭南道，为桂管经略使治所。

铙吹喧京口[1]，风波下洞庭。
赭圻将赤岸[2]，击汰复扬舲[3]。
日落江湖白，　潮来天地青。
明珠归合浦[4]，应逐使臣星[5]。

---

① 铙(náo)：古代军中打击乐器。吹(chuì 去声)：管乐。京口：即今江苏镇江市，唐时为润州治所。　② 赭圻(zhě qí)：地名，故城在今安徽南陵西北一百三十里，西临大江。将：与。赤岸：山名，在六合

县(今为江苏省南京市六合区)东南四十里。 ③ 汰(tài):水波。舲(líng):有窗的船。 ④ 合浦:即今广东合浦,此处借指邢济任所。据《后汉书·循吏列传·孟尝》:合浦郡的海中产珍珠,由于前任太守很贪婪,采求无度,所以珍珠就迁徙到交趾郡去了,人民无以为生。孟尝当了合浦太守以后,革除前弊,不到一年,珍珠又迁回了合浦。 ⑤ 使臣星:据《后汉书·方术列传》载:李郃通晓天象,汉和帝即位后曾派使者到各地微服私访民情,两个到益州的使者来李郃家投宿,李郃问他们:你们从京城来时,是否知道朝廷派了两个使者来益州。二人推说不知,并问他是怎么知道的。李郃指着天上的星座说:有两个使星向益州分野来了,所以知道。此句和上句是说:邢济到桂州,将给那里的人民带去幸福。

翻译

铙歌鼓吹喧响于京口,
乘云破浪扬帆向洞庭。
经过赭圻城和赤岸山,
击水向沅湘驾着轻舲。
夕阳西沉后江湖明亮,
潮水涌来时天昏地青。
明珠又回到合浦海域,
定是追随着使臣之星。

送梓州李使君[1]

王维的赠别诗，大致有两类：一为伤别，一为劝勉。这首五律属于后一类。东川节度使李使君移镇梓州，作者一开篇即从蜀地独特的自然风光写起。千山万壑，到处大树参天，到处是杜鹃鸟的啼叫，这是从大处落墨，写得气象阔大。颔联则写巴山特色，一夜雨后丛丛林梢，百重泉流，形象地表现出巴山的峻拔壮美。这四句"兴来神来，天然入妙"（王士禛《古夫于亭杂录》）。颈联写蜀地风土民情，从而转出治蜀的方法当依文翁以教化为本的意思，以便使贫困落后的蜀地有大的转变。王夫之说："右丞工于用意，尤工于达意，景亦意，事亦意。前无古人，后无嗣者，文外独绝，不许有两。"（《船山遗书·唐诗评选》卷三）正讲出了这首诗景意双绝的特点。

① 梓州：《唐诗正音》作"东川"。梓州是隋唐州名，治所在今四川三台，唐时辖境相当于今三台、中江、盐亭、射洪等地。李使君：李叔明，先任东川节度使、遂州刺史，上元二年(761)后移镇梓州。

万壑树参天[1]，千山响杜鹃[2]。

山中一夜雨，　树杪百重泉。

汉女输橦布③，巴人讼芋田④。

文翁翻教授⑤，不敢倚先贤⑥。

---

① 壑：山谷。　② 杜鹃：鸟名，一名杜宇，又名子规。传说为古蜀帝杜宇死后所化，这里用以切蜀地。　③ 汉女：汉水的妇女。汉指西汉水，即嘉陵江，有白水、涪水流入。橦(tóng)布：用橦花织成的布，见《文选·蜀都赋》注："橦华者，树名橦，其花柔毳，可绩为布也，出永昌。"　④ 巴：原为古国名，位于今四川东部，秦置为巴郡。讼：打官司。芋(yù)：芋头。郭义恭《广志》："蜀汉既繁芋，民以为资。"⑤ 文翁：西汉庐江舒(今安徽庐江西)人，景帝末为蜀郡太守，见蜀地僻陋，于是选郡县小吏赴京都学习，又在当地兴办学校，数年之间，教化大行。　⑥ 不敢：谦词，即敢不的意思。倚：倚傍，取法。先贤：指文翁。

翻译

上万条壑谷树木耸入云天，

上千座山峰响彻声声杜鹃。

深山在一夜新雨之后，

树梢头像悬挂百道流泉。

汉水女缴赋调只纳橦布，

巴郡人打官司为争芋田！
文翁用教育一改弊政，
敢不取法于这样的前贤？

送杨长史赴果州[1]

这是王维上元二年(761)之作。随着阅历的加深与艺术上的成熟,王维晚期的诗审美选择更加入妙,点染出人意想之外。这首诗兴韵寄于风土(《瀛奎律髓》入风土类),诗中官桥的巫祝,树丛的女神祠,都是入蜀道上特有的风物。他又善于用数目字作夸张,一千里写尽鸟道,十二时写尽猿啼,完全避开送别习套,几笔就把蜀地的险阻与风物的优美写了出来,具有超俗的画意和诗情。首尾两联写尽了关切和相思,浑然神秀,无迹可求。纪昀评它为"一片神骨,不比凡马空多肉"。

① 杨长史:杨济,后来曾任大理少卿兼御史中丞。长史,官名,唐代州刺史别驾下,有长史一人,从五品。果州:今四川南充市。

褒斜不容幰[1],之子去何之[2]?

鸟道一千里[3],猿啼十二时[4]。

官桥祭酒客[5],山木女郎祠[6]。

别后同明月, 君应听子规[7]。

① 褒斜：这里指褒斜道，又名石片道，也叫北栈和连云栈。地势险峻，为由陕入蜀的要道。幰：车幔，代指车辆。 ② 之子：这位先生。③ 鸟道：指路隘，说它只能容鸟飞过。 ④ 十二时：古代一昼夜分十二时，以地支子丑等计。 ⑤ 祭酒：《三国志·魏书·二公孙陶四张传·张鲁》说，张鲁据汉中，以鬼道教民，其来学者，初名鬼卒，受本道已诚，号为祭酒。诸祭酒各设义舍于路，舍中置粮肉供应行旅，以收买人心。这里指蜀地巫风很盛，官桥上有巫祝之流，招待行旅。⑥ 女郎祠：陕西褒城县女郎山上有女郎祠，传说为张鲁女儿葬处。此处当为泛指。 ⑦ 子规：即杜鹃鸟，谐音子归，鸣声很像"不如归去"，引人思归。

翻译

褒斜道狭险容不下车辆，
你这位君子离京将去哪里？
险绝的鸟道绵延千余里，
两岸有昼夜不断的猿啼。
官桥边有款待行人的祭酒巫客，
林麓中掩映着女神的庙祠。
分别后我们只能同看明月，
你还要耳听子规心生归思！

田　家

这首诗的前四句写田家的缺吃少穿，是对陶渊明《有会而作序》"旧谷既没，新谷未登，颇为老农，而值年灾……登岁之功，既不可希，朝夕所资，烟火裁通"语意的概括。写田家挨饿，却以"老年方爱粥"出之，用笔微婉。"雀乳"以下，作者摄取雀、鸡、羸牸、豪狶、牧童、农夫等各自的动态入诗，写所见田夫的辛勤，连下"红榴""绿芋"二句，都是概括田夫顺应自然，过着自然之乐的日子。但结联写田夫作愚公住愚谷，不问是非，流露出作者对农民的同情和对时政的不满。

旧谷行将尽，　良苗未可希。
老年方爱粥，　卒岁且无衣[1]。
雀乳青苔井，　鸡鸣白板扉。
柴车驾羸牸[2]，草屩牧豪狶[3]。
多雨红榴折，　新秋绿芋肥。
饷田桑下憩[4]，旁舍草中归[5]。
住处名愚谷[6]，何烦问是非。

① 卒岁：终岁。 ② 羸(léi)：瘦弱。牸(zì)：母牛。 ③ 草屩(juē)：草鞋。豪豨(xī)：原是山猪。这里比所牧猪瘦小。 ④ 饷(xiǎng)田：给在田里干活的人送饭。 ⑤ 旁：通“傍”。舍：庐舍，即田间小屋。 ⑥ 愚谷：即愚公之谷。《说苑·政理篇》说，齐桓公打猎走进一条山谷，遇见一个老头，得知那山谷名叫愚公之谷，他感到很奇怪。老头便告诉他：“我从前养了一头牸牛，生下一头小犊，我用小犊换了一匹马驹。一个青年却说：‘牛不生马。’就把我的马驹牵走了。邻居听说了，都说我愚，所以就把这条山谷叫做愚公之谷。”

翻译

旧粮食即将吃尽，

好收成不可希冀。

年老正喜欢喝粥，

度岁还没有冬衣。

鸟雀在长满青苔的井边孵卵，

鸡在白板做的门扉前啼鸣。

瘦弱的母牛拉着柴车，

村童穿草鞋放牧小猪。

多雨使累累的红石榴压断枝条，

初秋时碧绿的芋叶长得肥美。
饷田就在地头的桑树下休憩，
日暮傍着田舍踏着荒草回归。
住处的名字本来就叫做愚谷，
何必问什么世事的是非。

晓行巴峡[1]

开元二十九年(741)春,王维以殿中侍御史知南选,途经襄阳,后溯长江西上,此诗即为去巴峡途中所作,诗中虽流露出独在异乡的淡淡离愁,但总的看来,他的情绪并不低沉,他是以欣赏的目光来观察异地风光的。作者既好山水,自然善于捕捉异地的优美景物、风俗民情等特殊的美感。诗中“晴江一女浣”“水国舟中市”等句子,都写出了即目所得的优美风光。

① 巴峡:指长江流经巴东永安(今重庆奉节)白帝城东的山峡。

际晓投巴峡, 余春忆帝京。

晴江一女浣, 朝日众鸡鸣。

水国舟中市[1],山桥树杪行。

登高万井出[2],眺迴二流明[3]。

人作殊方语, 莺为旧国声。

赖谙山水趣, 稍解别离情。

---

① 水国:临水城邑。 ② 井:即市井,指山城住户。 ③ 二流:即阆

水、白水，由始宁入江，经巴峡。明：分明。

翻译

拂晓时分直向巴峡而去，
春日将尽使我思念京城。
江色晴明有位女子浣洗，
旭日初升群鸡竞相啼鸣。
水边城市人在船上做生意，
山间桥上人如在树梢走行。
登上高处万家井邑出现，
眺望远处阆白二流明莹。
人们都说着异乡的方言，
黄莺却啼着故里的声音。
幸赖自己深知山水情趣，
稍可排解离乡背井愁情。

送秘书晁监还日本国[1]

天宝十二载(753),以藤原清河为大使的日本第十二次遣唐使团访华,并迎接著名的鉴真和尚赴日传授佛法。十月,由晁衡陪同到扬州延光寺礼拜鉴真和尚,后即随同返日。王维的这首送行诗,当是本年十月以前晁衡离开长安去扬州前夕所作。诗的全篇境象都以想象而出,前四联以想象的境界写晁衡归程的遥远和行舟之速,以表达对友人的关心;还根据传说,想象海上风物的奇特,写法浪漫,也突出了海上的风险。最后二联则写日本与中国海水相隔,别后人各一方,音信难通,抒发送别的惆怅,情深意真,浑然天成。唐人姚合《极玄集》选唐诗百首,被称为诗家射雕手,就是以王维的这首诗压卷,足见对其之推崇。

① 秘书:即秘书省,掌管图籍的官署,秘书省的长官称监。晁监:指晁(一作朝,晁即古朝字)衡,日本人。本名朝臣仲满,又名阿倍仲麻吕。唐长安三年(703),以遣唐副使身份来华,留在长安,改名晁衡,仕唐历官左补阙、秘书监等。这次王维诗赠晁衡返日后,晁衡所乘的船在海上遇风,飘到越南,之后历尽艰险又回到长安。诗前序文,此处不录。

积水不可极[1],安知沧海东?

九州何处远[2]？万里若乘空[3]。

向国惟看日，　归帆但信风[4]。

鳌身映天黑[5]，鱼眼射波红。

乡树扶桑外[6]，主人孤岛中[7]。

别离方异域，　音信若为通[8]？

---

① 积水：指海。　② 九州：这里指海外大九州。《史记·孟子荀卿列传》载，战国邹衍说，中国名曰赤县神州，中国之外又有九州，各有海环绕。　③ 乘空：乘空中风而行。　④ 信风：任风。　⑤ 鳌：海中大龟。　⑥ 扶桑：《山海经》《淮南子》等书中所载神话说，东方有扶桑木，是日出处。　⑦ 主人：指日本国王，与"乡树"对文。⑧ 若为：怎样。

翻译

大海不可以到达尽头，
更哪知大海以东的事情？
海外九州究竟哪里最远？
万里归舟好像乘风而行。
驶向故国但须看东升的太阳，
归国的船帆只要任凭信风。
巨鳌的身躯把天空映黑，

鲸鱼的大眼把海波射红。
你故乡的乔木还在扶桑以外，
你国家的主人远居孤岛之中。
这一别我们将人各异域，
音书信息又将怎样相通？

酌酒与裴迪

这首诗虽是为劝慰裴迪而作，却抒发了王维自己的不平之气。“白首”一联，表现了王维欲用世而未能的愤激之感，相知成仇，先达不用，说尽了世态炎凉，当是实有所指。作者对裴迪的劝解全用愤激不平语，似和劝意相反，但道尽世间不平，则自己的不得志在相比之下也就不足问了。清人赵殿成说：“‘草色’一联，乃是即景托喻。以众卉而邀时雨之滋，以奇英而受春寒之痼，即植物一类，且有不得其平者，况世事浮云变幻，又安足问耶？拟之六义，可比可兴。”本诗用拗体，但声调高亢自然。

酌酒与君君自宽，　人情翻覆似波澜。

白首相知犹按剑[①]，朱门先达笑弹冠[②]。

草色全经细雨湿，　花枝欲动春风寒。

世事浮云何足问[③]，不如高卧且加餐[④]。

---

① 按剑：手按剑柄，表示提防。　② 先达：即先做高官执政的人。弹冠：《汉书·王贡两龚鲍传·王吉》载，王吉与贡禹为友，王吉当

官，贡禹就弹去冠上尘土，准备由王吉援引而出仕。弹冠也就比喻准备出来做官。笑：指先达不援引，反而嘲笑那渴望援引者。③ 何足问：不值得一顾。 ④ 加餐：《古诗十九首》其一："弃捐勿复道，努力加餐饭。"指保重身体。

翻译

斟酒给你请自慰自宽，
人情反复无常像波澜。
相交到老还按剑提防，
先贵者反笑我徒然弹冠。
野草新绿全经细雨滋润，
花枝欲展却遇春风正寒。
世事如浮云不值一提，
不如高卧山林吃饱饭。

春日与裴迪过新昌里访吕逸人不遇[①]

这首诗围绕寻访不遇而展开，极力称赞吕逸人的高雅不凡。首联写过访，巧妙地点出了不遇。“城外”一联，写吕逸人居处的幽雅，门对青山，光色入室，和邻居爱赏一致，任随清流一道相通，表现爱山乐水，本性自然。尾联写吕逸人所种的苍松树皮老如龙鳞，表现其长隐不出、甘于寂寞、埋头著述的高节。全诗率意而作，前半写事，只用熟典；后半全用映带衬托，写出所居景致及其为人，情调自然流转。

① 新昌里：据《长安志》卷九，朱雀街东第五街从北第八为新昌坊，即新昌里。吕逸人：姓吕的隐逸之人，未详何人。

桃源一向绝风尘[①]，柳市南头访隐沦[②]。
到门不敢题凡鸟[③]，看竹何须问主人[④]。
城外青山如屋里，　东家流水入西邻。
闭户著书多岁月，　种松皆老作龙鳞。

---

① 桃源：喻吕逸人居处。　② 柳市：汉代长安九市之一，此处借指唐代长安东市。据《长安志》卷八，朱雀街东第四街从北第四为东

市。新昌里在东市的东南。 ③ 题凡鸟：据《世说新语·简傲》载，吕安去拜访嵇康，嵇康不在，嵇康之兄嵇喜请吕安进屋，吕安不入，在门上题了一个“鳳(凤)”字就回去了。“鳳”字拆开来就是“凡鳥(凡鸟)”二字，吕安讽刺嵇喜是凡鸟。 ④ 看竹：据《世说新语·简傲》载，王子猷生性爱竹，见吴中有个士大夫家有好竹，就径直进去观赏，并不招呼主人。

翻译

桃花源里向来没有风尘，
柳市南边来访隐居逸人。
到门未遇不敢题上“凡鸟”，
赏竹径入更不须问主人。
城外青山似乎就在屋里，
东邻流水再流入西邻。
闭门著述已经多年，
手种的松树皮老如龙鳞。

出塞作[1]

开元二十五年(737)三月,河西节度副大使崔希逸在青海战胜吐蕃,王维以监察御史的身份奉使出塞宣慰并留任节度判官,诗当作于这一时期。这首诗写胡骑强盛,往往在秋高马肥时以射猎为名入塞侵扰,汉将则严阵以待,积极备战,朝廷也将厚赏得胜的大将。此篇虽有初唐诗多用典故之风,但典故活用,写得也很有分寸,很有气势。清人姚鼐说:“此作声出金石,有麾斥八极之概。”(《五七言今体诗钞》)清人方东树也说此诗:“浑颢流转,一气喷薄,而自然有首尾起结章法,其气若江海之浮天。”(《唐宋诗举要》引)

① 题下原注:“时为御史,监察塞上作。”《全唐诗》题为《出塞》。

居延城外猎天骄[1],白草连天野火烧[2]。

暮云空碛时驱马[3],秋日平原好射雕。

护羌校尉朝乘障[4],破虏将军夜渡辽[5]。

玉靶角弓珠勒马[6],汉家将赐霍嫖姚[7]。

---

① 居延:见《使至塞上》注。天骄:《汉书·匈奴传》:“胡者,天之骄子也。”猎天骄:即天骄打猎。 ② 白草:据《汉书·西域传》颜师古注:

白草产于西域楼兰国，是一种牛马喜欢吃的牧草，干熟时呈白色。③ 碛（qì）：沙漠。 ④ 护羌校尉：汉代武官名，汉武帝为守护西羌而置。障：据《汉书·张汤传》颜师古注，障是在边塞的险要之处修建的城楼，用来作为抵御敌人的屏障。 ⑤ 破虏将军：汉代武官名，据《三国志·吴书·孙破虏讨逆传》，孙坚曾为破虏将军，人称“孙破虏”。此系泛指。辽：即大辽水，源于内蒙古的西辽河与源于吉林的东辽河，在辽宁省昌图县西汇合后称辽河，经营口市入渤海辽东湾。此处泛指渡河作战。 ⑥ 靶（bà）：通“把”，即柄。角弓：见《观猎》注。 ⑦ 嫖姚：或作剽姚。霍去病曾为嫖姚校尉，故称霍嫖姚。

翻译

自夸天骄匈奴居延城外纵猎，
白草连天野火正在熊熊燃烧。
暮云下大漠中他们时时驱马，
秋天的平原上节令正好射雕。
护羌校尉清晨闻警登上障塞，
破虏将军深夜也抢渡过西辽。
镶玉柄的角弓饰珠勒的骏马，
汉家天子将要赏赐给霍嫖姚。

酬郭给事[1]

郭给事名慎微，为人卑琐，是李林甫宠遇的人，常为李代笔。他比王维年少而官高，王维官员外郎时与他同省。这诗写暮春禁宫晚景，称道郭给事奉职勤勉；尾联写自己将以老病归隐田园，表明不会与郭给事一样谋求进身，暗有“道不同，不相为谋”的意思。

① 给(jǐ)事：全称给事中，在皇帝左右备顾问应对等事，唐属门下省，正五品上。

洞门高阁霭余晖[1]，桃李阴阴柳絮飞。
禁里疏钟官舍晚[2]，省中啼鸟吏人稀[3]。
晨摇玉佩趋金殿，夕奉天书拜琐闱[4]。
强欲从君无那老[5]，将因卧病解朝衣。

---

① 洞门：宫殿门前后相通相对，所以称洞门。霭：笼罩的样子。② 禁里：宫中也称禁中，意思是宫中门阁有禁，不是侍卫和朝官不能随便进入。③ 省：唐代在宫中置尚书、中书、门下三省，此指门下省。④ 琐闱：镂刻有连琐图案的宫中侧门。这里指门下省。⑤ 无那(nuò)：无奈的意思。

翻译

重门高阁笼罩着夕阳光辉，
桃李树成荫柳絮纷纷飘飞。
宫里钟声稀疏官舍已晚，
省署中鸟雀喳喳吏人稀。
清晨你晃动玉佩步趋金殿，
傍晚你手捧诏书叩拜宫里。
我想勉力跟随你无奈人已老，
将趁着养病脱掉朝衣。

早秋山中作

从诗中“却嫌陶令去官迟”的话看，本诗似作于天宝初，此时作者四十多岁，年龄与陶潜辞官时（年四十一）接近。当时朝政日坏，王维郁郁失志，所以申明自己无心世事，向往隐逸。“无才”句，谦词反语出之，笔法微婉，旨趣却很明白。“不厌”二句，用尚平、陶潜事表示自己归隐之心的迫切。临秋的蟋蟀响急，薄暮的寒蝉声悲，是景语，也是情语，映衬出作者的迟暮感。结句说自己寂处山中，空林独往，只和白云期会，厌倦仕途的心情，约略可见。

无才不敢累明时，思向东溪守故篱。
不厌尚平婚嫁早[①]，却嫌陶令去官迟[②]。
草堂蛩响临秋急[③]，山里蝉声薄暮悲。
寂寞柴门人不到，空林独与白云期。

---

① 尚平：《高士传》记载，尚长，字子平，东汉朝歌（今河南淇县）人，光武帝建武中，子女婚嫁已毕，遂不问家事，出游名山大川，后不知所终。尚平，一作“向平”。 ② 陶令：陶潜，曾任彭泽令。 ③ 蛩

(qióng)：蟋蟀。

翻译

没有才能不敢辜负圣明时代，
思念回东溪守着竹篱故居。
不厌烦尚平尽早了却儿女婚嫁，
却嫌恨陶潜辞官归隐年岁太迟。
秋季来临草堂边蟋蟀叫得急促，
时近黄昏深山里蝉鸣声声增悲。
柴门前寂寞冷清车马不到，
空林中我独自和白云相依。

辋川别业

这是写作者在辋川的田园生活的一首七律。本诗或作于天宝中李林甫当政时。作者写未到辋川将近一年，回来时正好赶上春耕的农忙季节。作者用一个“染”字，形容雨中的春草之绿，用一个“然(燃)”字，描写水边桃花之红，写出了春天自然景物灿烂的色彩和勃勃的生机。第三联写作者与乡间的人们相处无间，无论是僧人还是隐居乡里的老人，一听说作者回来了，都披衣倒屣赶来相见，开怀畅谈于柴门之前。这与陶渊明的“相思则披衣，言笑无厌时”一样，表现了乡里间淳朴亲密的人际关系，与“人情翻覆似波澜”的官场形成鲜明的对比，表现了作者对乡间田园生活的喜爱。

不到东山向一年[①]**，归来才及种春田。**

雨中草色绿堪染，　水上桃花红欲然[②]**。**

优娄比丘经论学[③]**，伛偻丈人乡里贤**[④]**。**

披衣倒屣且相见[⑤]**，相欢语笑衡门前**[⑥]**。**

---

① 东山：指辋川别业所在的蓝田山。　② 然：即“燃”。　③ 优娄：

即优楼频螺迦叶，释迦牟尼的弟子。比丘：梵文音译，意为乞者，谓乞法于佛，乞食于施主，指已受具足戒的男人，俗称和尚。经论：佛教著述中记录佛说者为经，阐发佛说者为论。 ④ 伛偻(yǔ lǚ)：驼背。丈人：老人。 ⑤ 倒屣：倒蹬着鞋，表示迎客时急迫的心情。 ⑥ 衡门：横木为门，代指简陋的住房。

翻译

没到东山已经将近一年，
归来正好赶上耕种春田。
细雨涤尘草色绿可染衣，
水边桃花红艳如火将燃。
不论满腹经论的有道高僧，
还是年老伛偻的乡贤，
披衣倒屣都来和我相见，
开怀谈笑就在柴门前。

积雨辋川庄作

本诗约与《早秋山中作》同时。诗中表现辋川久雨，诗人独居的感受。诗开始写雨后空林气润柴湿，烟火迟迟，蒸藜炊黍，送饷东田，表现田家生活的安闲无扰。然后写自己在山中修养心性，观看那朝开夕落的槿花，参悟禅道，在松下持斋素而折秋葵为羹，人的恬淡与景物的清幽达到了微妙的和谐。但结联笔锋忽转，说由于野老争席竟使海鸥害怕其存有机心，虽是说野老，亦有寓意，朝官也往往对无机心者有猜疑。笔势奇妙，意蕴深长。

积雨空林烟火迟，　蒸藜炊黍饷东菑[①]。
漠漠水田飞白鹭，　阴阴夏木啭黄鹂。
山中习静观朝槿[②]，松下清斋折露葵[③]。
野老与人争席罢[④]，海鸥何事更相疑[⑤]？

---

① 藜：一年生草本植物，高五六尺，新叶嫩苗皆可食。菑（zī）：开垦一年的地，这里泛指田地。　② 朝槿：即木槿，落叶灌木，夏秋之交开花，有红、紫、白数种，朝开暮落，所以叫朝槿。　③ 清斋：素食。

葵:蔬菜名。 ④ 争席:争座位上下。 ⑤ 海鸥:《列子·黄帝篇》记载,海边有人喜好海鸥,海鸥亦与之相亲相近,其父闻知后要他引诱海鸥,好去捕捉。第二天他再去海边时,海鸥舞而不下,不再接近他了。这是因为他有了机心。

翻译

久雨后空林缓缓升起炊烟,
蒸藜炊黍要送饷去东田。
平阔的水田白鹭悠然低飞,
幽深的夏木黄鹂叫声宛转。
山里养心性静观朝开的槿花,
松下素食手折带露的秋葵。
田家野老饮酒争席次已了,
海鸥啊为什么倒对他们猜疑?

和贾舍人早朝大明宫之作[1]

唐肃宗乾元元年(758),贾至为中书舍人,杜甫任左拾遗,岑参为右补阙,王维也刚被宽宥了受安禄山伪职罪,除太子中允,迁集贤殿学士。四人当时同在中书、门下二省。贾至作《早朝大明宫呈两省僚友》诗,王、杜、岑三人各和诗一首。王维的这首通过上朝前、上朝时、朝罢三个阶段,写出了大明宫早朝的庄严气氛和中兴后上朝时的威仪。第二联写上朝时宫殿门大开,包括少数民族在内的群臣和外国使节朝拜,中兴气象全寓于这一联中。结一联,王维以罢朝后贾至还要写诏书,遥想佩声渐渐移入中书省作结。明人陆时雍《唐诗镜》说:“杜好虚摹,吞吐含情,神行象外。王用实写,神色冥会,意妙言前。”也有人说王诗写客体多(六句),表主体少(一结)。这些评论,聊备参考。

① 和(hè):仿照别人诗词的题材或体裁作诗词。贾舍人:贾至,河南洛阳人,时官中书舍人(掌诏令、宣旨、文表等事)。大明宫:唐贞观八年(634)建永安宫,九年(635)改称大明宫,内有含元、宣政、紫宸三殿。宣政殿左右为中书、门下二省。唐高宗后,皇帝常居大明宫。故址在今陕西西安。

绛帻鸡人送晓筹[1],尚衣方进翠云裘[2]。

九天阊阖开宫殿③，万国衣冠拜冕旒④。

日色才临仙掌动⑤，香烟欲傍衮龙浮⑥。

朝罢须裁五色诏⑦，佩声归向凤池头⑧。

---

① 绛帻(zé)：红色的覆发结巾，汉代宫中值宿卫士着绛帻传报鸡鸣。鸡人：古代伺漏刻、传更签于殿中报告时辰的人。 ② 尚衣：官名，掌供皇帝冠服。翠云裘：绣翠云的皮袍。 ③ 九天：九重天，这里指皇宫。阊阖(chāng hé)：原指天门，这里指皇宫的宫殿门。 ④ 衣冠：古代士大夫的穿戴，后代因称士大夫为衣冠。这里指朝臣(包括少数民族的)和外国使节。冕旒(liú)：指皇帝。冕，古代帝王、诸侯、卿大夫所戴的礼帽，后代又专指皇冠。旒，冕前后悬垂的珠穗。天子之冕十二旒。 ⑤ 仙掌：《史记·孝武本纪》索隐：汉武帝在建章宫前造承露盘，高三十丈，大七围，上有仙人掌承露。武帝将露水和(huò)玉屑饮之，以求仙道。 ⑥ 衮(gǔn)龙：龙袍。天子穿的礼服叫衮，衮上绣龙。 ⑦ 五色诏：用五色纸写的诏书。《邺中记》说，石虎诏书用五色纸。这里泛指诏书。 ⑧ 凤池：指中书省。《晋书·列传第九·荀勖》载，荀勖久为中书监，后迁尚书令，别人向他道贺，他却说："夺了我的凤凰池，你们贺我做什么？"贾至时官中书舍人，王维便以"凤池"美之。

翻译

红巾鸡人传报了破晓的更筹，

掌衣官正送上上朝的翠云裘。
九重深邃的宫殿殿门大开，
万国臣使一齐拜向玉冕珠旒。
曙光始照承露的仙掌就已移动，
御炉的香烟也要朝着衮袍飘游。
早朝罢你还当起草五色诏令，
玉佩锵锵地走向凤池前头。

题友人云母障子

本诗原注:“时年十五。”应写于开元元年(713),是现存王维集中最早的一首诗。云母障子是利用云母石的自然纹理当画图制成的屏风,具有天然的山水趣,这是王维所向往的重自然的美感表现。

君家云母障,持向野庭开。
自有山泉入,非因彩画来。

翻译

您家云母石做成的屏风,
拿到外面的庭院里展开。
本自天然山泉流,
不是彩绘描得来。

息夫人①

本诗原注:“时年二十。”《河岳英灵集》题作《息夫人怨》,《国秀集》题作《息妫怨》。据《本事诗》,此诗是应宁王李宪之命写的。宁王霸占饼师妇一年后,让饼师夫妇见面,妇“双泪垂颊,若不胜情”。作者以“息夫人”为题,表达了饼师妇对前夫的感情。“不共楚王言”,是点化《左传》记载楚王所夺取的息夫人所说“纵弗能死,其又奚言”的话,反映了弱女子忠于故夫的幽怨。作者在此对虽屈服于强大势力但毫不改变旧情的妇女,作了同情的描写。

① 息夫人:息妫。据《左传·庄公十四年》记载,楚文王灭息国,掠走并强占了息夫人,后生堵敖和成王。息夫人入楚后,一直不同楚文王说话,文王问她为什么这样,她说:“吾一妇人,而事二夫,纵弗能死,其又奚言?”

莫以今时宠,能忘旧日恩。

看花满眼泪,不共楚王言。

翻译

不要以为有今天的宠幸,

就能忘记旧日的夫妻情。
看着鲜花眼泪簌簌落下，
终不肯同楚王一语相通。

班婕妤三首(之一)

这首诗一本题作《婕妤怨》,是乐府曲调名。《乐府诗集》卷四十三《相和歌辞》引《乐府解题》说,班婕妤美而能文,初为汉成帝宠爱,后来成帝宠信赵飞燕姊妹,婕妤失宠,退居东宫,"后人伤之而为《婕妤怨》"。今存作品以晋陆机所作为最早。王维原作三首,这里选的是第一首。此诗写女主人公深夜独坐凝望,抱着期待君王临幸的一线希望;然而玉窗萤影暗飞,金殿人声阒寂,君王早已憩息,而只剩自己长守空帏,坐对孤灯明灭。全诗无一字说怨,而失宠不眠之情见于言外。

玉窗萤影度①,金殿人声绝。

秋夜守罗帏②,孤灯耿明灭③。

---

① 玉窗:精美的窗,这里与下句"金殿"相对,指班婕妤的宫室。萤影:萤火虫的影子。 ② 帏(wéi):通"帷",宫室中的帐幕。③ 耿:照。

翻译

玉窗上暗自有萤影掠过，
金殿里早已经人声寂绝。
深秋长夜空守着罗帷，
一盏残灯映照时明时灭。

皇甫岳云溪杂题五首(选三)[1]

鸟鸣涧[2]

这首诗描写春夜静谧的空山,给予人的内心一种宁静的美感。作者以特定条件下才能注意到的动感衬托静感:桂花之落和山鸟啼鸣都是写动,但正因为山中静谧,人们才能感觉到那细小的桂花轻轻坠落;正因为春山夜静,明月出来才会惊动了山鸟,而山谷中不时传来的一两声幽远的鸟鸣,更显出夜晚的寂静。诗人通过动,写出了宁静幽远的意境。梁代王籍的"鸟鸣山更幽",也是写这样的境界,但王维写得更为含蓄。《云溪杂题》和《辋川集》写作约略同时,风格相似。

① 皇甫岳:《新唐书·宰相世系表》五下,有皇甫恂之子皇甫岳,是宪宗朝宰相皇甫镈的堂兄,或即此人。云溪:地名,不详所在。 ② 涧:山涧。

人闲桂花落[1],夜静春山空。

月出惊山鸟, 时鸣春涧中。

---

① 桂花:一般都是秋季开花,但有的品种春天也开花。

翻译

山中人闲看见桂花暗落，
夜晚宁静春山一片虚空。
月亮出来却惊动了山鸟，
不时地啼鸣在山涧之中。

莲花坞

这是《皇甫岳云溪杂题》的第二首。这首小诗写的是采莲人晚归的情景。日落时分，夕阳给美丽的莲花坞抹上了一层金色，采莲人满载而归。“弄篙莫溅水，畏湿红莲衣”，表现了采莲人丰收后的喜悦心情，并由此产生了对莲花的爱怜与呵护。作者对人物心理的描写细腻生动，全诗轻松活泼，颇有江南民歌的情韵。

日日采莲去①，洲长多暮归②。
弄篙莫溅水③，畏湿红莲衣④。

---

① 莲：指莲蓬。 ② 洲：水中的陆地。 ③ 篙：撑船的长竿。 ④ 红莲衣：莲花红色的花瓣。

翻译

天天撑着小船去采莲蓬，
水中洲长经常日暮晚归。
扬篙撑船不要溅起水花，
恐怕沾湿了莲花的红衣。

萍　池

这是《皇甫岳云溪杂题》的第五首。写又深又广的春池覆盖着一层青萍，等轻舟回来后，被分开的青萍又密密地合拢在一起。谁知春风吹来，低垂的杨柳拂扫过水面，又把青萍分开。王维的五绝善于描写细小的景物在片刻间的情态，清人宋顾乐在《唐人万首绝句选》中评此诗："即景点染，恐人即目失之。"别人面对此景，即使能了然于眼，却未必能了然于心，即使能了然于心，却未必能了然于口与手，所以俞陛云在《诗境浅说续编》中也说："此恒有之景，惟右丞能道出之。"这首诗正体现了王维敏锐的审美感受。

春池深且广，　会待轻舟回。
靡靡绿萍合[①]，垂杨扫复开。

① 靡靡：密集貌。

翻译

春日池塘深又广，
等待轻舟荡回来。
绿萍密密合成片，
垂杨一扫又荡开。

辋川集(选十)

王维《辋川集序》云:“余别业在辋川山谷。其游止有孟城坳、华子冈、文杏馆、斤竹岭、鹿柴、木兰柴、茱萸沜、宫槐陌、临湖亭、南垞、欹湖、柳浪、栾家濑、金屑泉、白石滩、北垞、竹里馆、辛夷坞、漆园、椒园等。与裴迪闲暇,各赋绝句云尔。”据《旧唐书》本传记载:“(维)晚年长斋,不衣文彩,得宋之问蓝田别墅。在辋口,辋水周于舍下,别涨竹洲花坞。与道友裴迪,浮舟往来,弹琴赋诗,啸咏终日。尝聚其田园所为诗,号《辋川集》。”可见辋川诗并非一时所作。此时王维年岁既长,奉佛又深,就更向往追求内心的安适与宁静,而辋川别业周围那优美幽静的风景恰恰契合他的心境,所以《辋川集》中所写的多是自然界那种不依赖人的意志为转移的超逸空灵之美,表现出作者超然的情趣。

孟城坳[1]

这是《辋川集》组诗的首篇。诗的立意学陶渊明《归园田居五首》第四首中的“徘徊丘垄间,依依昔人居。井灶有遗处,桑竹残朽株……”,所以一开始就写“新家孟城口，古木余衰柳”，归结为“来者复为谁，空悲昔人有”。组诗以这首为第一篇，目的在于写所经营的一切，将来也不会属于自己，所以作者写孟城坳，满眼所见，竟是一片凋败荒凉景象！“衰柳”的“衰”字，与“盛”相对照。王维写孟城坳，象征事物有盛必有衰。后二句便由此引出感慨。辋川原本是初唐诗人宋之问的别墅，宋曾以文才出众和媚附权贵而显赫一时，后来两度贬谪，客死他乡。如今物易其主，而又荒凉如此，因此作者不仅触景伤情，并进而推今例往。此诗反映了作者为自己经营辋川，建立了一种得不足喜、失不足悲的思想基础，也为后来献辋川庄为寺张本。

① 孟城坳（ào）：孟城口。两山间的低洼地叫坳。

新家孟城口，古木余衰柳。

来者复为谁，空悲昔人有。

翻译

最近才安家在孟城口，

当年古木只剩下一些衰柳。

不知后来经营者将又是谁，

徒然悲叹这里曾是前人所有。

文杏馆[①]

这是组诗第三首。前两句极写文杏馆结构的精美，以表现其主人品格的高洁。文杏、香茅都不是写实，而是用古人香草美人的比兴手法。后两句由梁由宇及云，云居深山，好比贤人君子隐居林壑，古诗中云常与隐士的形象联系在一起，王维诗中也多用“独向白云归”“空林独与白云期”这类句子来写隐居之志。这首诗把“栋里云”人格化，写它飘去就化作造福人间的雨，也寄托着作者的问世之意。通篇兴寄，全出自然。

① 文杏：杏树的一种，木质有花纹，非常名贵。

文杏裁为梁， 香茅结为宇[①]。

不知栋里云[②]，去作人间雨。

---

① 香茅：多年生草本植物，气味芳香，产于南方。古代进贡朝廷缩酒，今用来提取香料。宇：屋檐。这里指屋顶。 ② 栋：房屋的大梁。

翻译

截断文杏安作屋梁，

编织香茅作成屋宇。
不知栋梁间的闲云，
是否飘去化为人间的雨。

鹿　柴[1]

本诗是《辋川集》第五首。山中阒寂无人，只能偶尔听到一阵人语的声响，相反相成，更增加了山中的静趣；一缕夕阳的返光透过深林密枝，照射在青苔之上，更衬托出环境的幽美，反景以逆笔得趣。作者就沉浸在这样静谧的氛围中，长久体味着宁静的趣味。诗人意在写静，却摄取了两个极微的动态——空山人语和夕阳返照，这一瞬间的动感又生出无限的静意。这种艺术手法正如皎然所说："静，非如松风不动，林狖未鸣，乃谓意中之静。"(《诗式》卷一)

① 鹿柴(zhài)："柴"通"寨"，栅栏。鹿柴是鹿厩的意思。

空山不见人，但闻人语响。
返景入深林，复照青苔上。

翻译

空寂的山里不见人影，

只听到有人说话的声响。

夕阳返照透过幽深的丛林，

又依依地投射在青苔之上。

木兰柴[1]

这是《辋川集》第六首。由于黄昏时分色彩明暗的变化较大，而在夕阳的映照下，景物都显得特别宁静自然，所以作为诗人兼画家的王维，特别喜欢描绘黄昏时的景致。和这首诗相似的，如“残雨斜日照，夕岚飞鸟还”“夕阳彩翠忽成岚”等，色彩鲜明如画，都反映了王维的这种特殊的审美情趣。这首诗写夕阳，作者用了一个“敛”字，使人似乎能看见日落时秋山逐渐由明转暗的变化；写飞鸟归巢，作者用了一个“逐”字，写出变幻的动感，十分细腻生动。夕阳的余晖点缀山色彩翠相间、明灭不定，写出了黄昏时岚气飘移、山林景色多变的特点，使人如临其境。

① 木兰：花树名，可供观赏，树高的有五六丈，花有红、黄、白、紫数种。柴：见《鹿柴》诗注。

秋山敛余照，　飞鸟逐前侣。

彩翠时分明[1]，夕岚无处所[2]。

① 彩翠：指青翠的山峦在夕阳映照下呈现出的美丽色彩。 ② 夕岚：黄昏时山中湿润的雾气。无处所：飘移不定。

翻译

夕阳收敛秋山的余晖，
鸟儿你追我赶地飞行。
青翠的山色时隐时现，
黄昏的岚气飘忽不定。

临湖亭

这是《辋川集》的第九首，写临湖亭的风光。首二句写迎客人泛舟向临湖亭，情趣悠然。后二句写在亭中与客人面对亭子的轩窗，把酒临风。亭在水中央，四外荷花盛开，使人有尘念俱消之感。全诗活泼清新，情致淡远。

轻舸迎上客[①]，悠悠湖上来。
当轩对樽酒[②]，四面芙蓉开。

① 舸(gě)：船。大船小船都可称舸。这里指小船。上客：尊贵的客

人。 ② 轩：亭四面的窗。樽(zūn)：酒器。

翻译

乘轻快小船迎来贵客，
船儿悠悠从湖面驶来。
面对轩窗和这杯美酒，
亭外四面正荷花盛开。

攲 湖[①]

此诗是《辋川集》第十一首，描写日暮攲湖能给人以丰富的想象情趣。裴迪也写有咏攲湖诗，把攲湖的风景写得十分美好。但王维的这首避开眼前实景，用《九歌》中《湘君》“望夫君兮未来”，《河伯》“送美人兮南浦”“惟极浦兮寤怀”等写法，想象吹洞箫，凌极浦，送美人，以神话境界写攲湖。结尾写“湖上一回首，山青卷白云”，与钱起《省试湘灵鼓瑟》“曲终人不见，江上数峰青”意境相近，即女神已去，惟见留下青山与白云。全诗写得虚无缥渺，很有神韵。

① 攲(qī)：倾斜。攲湖当因湖势倾斜而得名。

吹箫凌极浦[①]，日暮送夫君[②]。

湖上一回首， 山青卷白云。

---

① 极浦：遥远的水浦。 ② 夫君：语本《湘君》“望夫君兮未来，吹参差兮谁思”。“夫君”旧注指女神湘君，又相当于《河伯》“送美人兮南浦”中的美人。

翻译

洞箫声凌波远扬水滨，
日暮时分我来送湘君。
湖面上偶一回头眺望，
远岸山色青青卷白云。

栾家濑[①]

本诗是《辋川集》第十三首。这首诗别创新意，写得活泼而富有生趣。大自然中，并无人在，秋雨飒飒，山泉急流，溅起的水花惊起了白鹭，它飞起又落下，一切终归于宁静，反映出王维捕捉自然生态美的审美眼光。

① 濑：水流沙石上激流成湍的地方。

飒飒秋雨中， 浅浅石溜泻[①]。

跳波自相溅②，白鹭惊复下。

---

① 浅浅(jiān)：水急流的样子。石溜：石上浅水。 ② 跳波：激于石而跳起的小波。

翻译

在飒飒的秋雨声中，
山泉急速地向下流泻。
跳动的浪花相互激溅，
白鹭惊起又缓缓落下。

白石滩

这是《辋川集》第十五首，写白石滩的月夜景色，是组诗中最富有生活气息的一首诗。前两句写物，写白石滩的静态美。清水、白石、绿蒲相映成趣，"向堪把"表现香蒲的肥大，形象具体，几可触摸。后两句写人，写白石滩的动态美。有意思的是作者通篇以浣纱女作主体，只写她们的生活感受，而不具体写人和动作，使读者可以对白石滩拥有无限广阔的想象空间。"明月"又是全诗的诗眼，和白石相映衬。这首诗表现了作者对生活中自然美的追求，和"竹喧归浣女，莲动下渔舟"有相通的地方。

清浅白石滩，绿蒲向堪把[①]。

家住水东西，浣纱明月下。

① 蒲：香蒲，水生植物，嫩芽供食用，叶子可编蒲包、席子等。向：接近。堪：可以。把：手握。

翻译

又清又浅的白石滩头，

绿色香蒲将近能手把。

姑娘们家住滩两头，

月光下滩边同浣纱。

竹里馆

这是《辋川集》第十七首。王维辋川绝句多从客体着笔，描写环境的空幽。这首却全从主体入手，写人与大自然独处的乐趣。作者坐于竹丛深处，弹琴长啸。嵇康弹琴，孙登（晋隐士）长啸，他们似乎还想要人知道，王维却写弹琴长啸，人都不知，只有明月自相照。情趣的超然，自然呈现。

独坐幽篁里[①]，弹琴复长啸[②]。

深林人不知， 明月来相照。

① 篁：竹林。 ② 长啸：古代一种口技，撮口出声曰啸。啸声清越舒长，所以叫长啸。魏晋以来，成为隐逸高士的一种风尚和标志，现已失传。

翻译

独自坐在幽深竹林里，
弹起鸣琴又发出长啸。
在深林中没有人来听，
一轮明月却自来相照。

辛夷坞[①]

这是《辋川集》第十八首。这首诗写辛夷坞中辛夷花的开与落，作者以客观的态度写景，在孤寂的环境中，却能够看到自然生态的美。在寂无人迹的山涧边，花纷纷地开，又纷纷地落。作者写出了大自然的生趣，这实际上也反映了王维自身得意忘言的喜悦。所以胡应麟在《诗薮》中说读之使人“名言两忘，色相俱泯”，纯属一片天机。

① 辛夷：一名木笔，因其花苞位于枝的顶端，状如毛笔而得名。花大，外紫内白，形状像荷花。坞：船坞或壁坞，辛夷坞即因盛开辛夷而得名。

木末芙蓉花①，山中发红萼②。

涧户寂无人③，纷纷开且落。

---

① 芙蓉花：此处指辛夷花。裴迪《辛夷坞》诗：“况有辛夷花，色与芙蓉乱。” ② 萼(è)：在花朵下对花起承托作用的绿色小片。此处指代花。 ③ 涧户：涧边的住家。

翻译

长在树梢像芙蓉的辛夷花，

在山中绽开了红色的苞萼。

山涧边房舍却寂静无人踪，

只有花儿纷纷地自开自落。

山　中

这首诗《全唐诗》标为《阙题》。写初冬山行所见之景。天寒溪浅，水落石出，清澈的溪流奔腾跳跃在河床里露出的嶙嶙白石之间，翠绿的山色中点缀着几片红叶，显得分外醒目。作者仅用了十个字，就描绘出了一幅色彩明丽的山中景物图。三、四两句以幻觉写景：作者举目所见，但觉四周山色青翠欲滴，似乎自己的衣服也被青翠的山色润湿了，但仔细观察却发现这只是山色映照下的幻觉。这与张旭《山行留客》“纵使晴明无雨色，入云深处亦沾衣”不同，这种由视觉转化为触觉的效果，就是艺术上所谓的“通感”。此诗从一般中见特殊，达到了新颖独特的效果，诗风清新明快，审美趣味与《辋川集》中多数描写幽静情景的小诗很不相同。

荆溪白石出[①]，天寒红叶稀[②]。

山路元无雨[③]，空翠湿人衣。

---

① 荆溪：在陕西蓝田西北。《水经注·渭水》：“长水出自杜县（北周时废入万年县）白鹿原，西北流谓之荆溪。”　② 红叶：枫、槭一类的

树叶，秋季经霜打以后逐渐由绿变红。 ③ 元：本来。

翻译

荆溪清浅白石磊磊，
天气已寒红叶疏稀。
山间路径本来无雨，
浮空翠色似湿人衣。

书　事[1]

这首诗写法与《山中》一诗相似。虽值阴天，作者却在无意中感受到一种可喜的生活情趣。小雨没有下来，天色仍带轻阴，作者用了一个“阁”字，表现自己的主观感受，如此写来，诗便显得生动而自然。白天既然没有人来，深院的门也就懒得去打开了。作者在静观中却有了新的发现：阴润的苔色显得格外青翠，似乎要把光色染上人衣。这与“山路元无雨，空翠湿人衣”同一机杼。作者把这种细腻的感觉写入诗中，反映了他在澄静的心境下体会到的美。这种细致入微的描写，正代表了王维五绝的一种极宁静的风格。

① 书事：书写眼前所见的事物。

轻阴阁小雨[1]，深院昼慵开。

坐看苍苔色，　欲上人衣来。

---

① 阁：通“搁”，阻止，延滞。

翻译

轻阴的天气延搁了小雨，
深院的门白昼也懒得开。
静坐久看那苍翠的苔色，
似乎要染到我衣裳上来。

哭孟浩然①

王维与孟浩然是好朋友，两人志趣相投。孟浩然游京师，与王维常相往来，他的诗作也颇受王维称道。据王士源《孟浩然集序》："开元二十八年，王昌龄游襄阳，时浩然疾疹发背，且愈，相得欢甚，浪情宴谑，食鲜疾动，终于冶城南园。"王维于本年(740)以殿中侍御史知南选，开元二十九年(741)春到襄阳时孟浩然已死，所以王维作此诗哭悼。故人已矣，如江水东流，唯能追寻他的遗踪以寄托哀思。孟浩然的"人事有代谢，往来成古今。江山留胜迹，我辈复登临"，也正是王维此诗所寄托的感慨。

① 题下原注："时为殿中侍御史，知南选，至襄阳有作。"孟浩然(689—740)：襄州襄阳人，早年隐居鹿门山，屡游长安，不得仕进，张九龄贬荆州长史时才被辟为荆州从事。诗多描写田园山水的隐居生活，诗笔纵放，与王维齐名，但风格各异。

故人不可见，汉水日东流。

借问襄阳老①？江山空蔡洲②。

---

① 借问：请问。襄阳老：指孟浩然。　② 蔡洲：在襄阳岘山东南一

里的汉水中。东汉长水校尉蔡瑁曾居其上,故名。此处是借指孟浩然生前游赏之处。

翻译

老朋友我再也见不到了,
汉水滔滔仍旧日夜东流。
请问襄阳遗老今在何处?
江山依旧留下空空蔡洲。

相　思

这首诗一本题作《江上赠李龟年》。原是写赠友人，希望别后长相思念的作品。唐人范摅《云溪友议》记载：安禄山叛乱，唐明皇出奔四川后，宫廷乐师李龟年也流落到江南。他在湘中采访使的一次宴会上，曾演唱了王维的这首诗及其“清风明月苦相思”一诗，满座人听了全都西望叹息。这件事虽未必真实，但可证这首诗当为天宝中作。全诗所表达的感情极为深厚，它的艺术力量足以引起人们共鸣。作者只写红豆，托物寄意，而盼友人长相思勿相忘的情意自在言外，是咏物诗中不可多得的作品。

红豆生南国①，秋来发几枝？

劝君多采撷②，此物最相思。

① 红豆：又名相思子，形如豌豆，扁圆，色红。红豆树高丈余，叶似槐，花似皂荚。 ② 撷(xié)：采摘。

翻译

红豆生长在南方乡土，
入秋来花开了多少枝？
劝你多采摘一些吧，
它最让人长相思。

杂诗三首

这是一组写游子和思妇的诗，三首各自成章。第一首是仕宦京洛的江南游子和家住孟津友人的问答。是孟津人询问游子的口气，全从侧面写，别开生面。第二首写仕宦游子问从家乡来的友人，诗全不写问家事，独写问梅花，而游子思乡，痴情自见。第三首写思妇企盼游子归来，经冬复历春，而仍不见归。诗中思妇一再失望，一片愁心，怕看春草。春草的生长说明美好的日子流逝，游子迟迟不归，误了青春！比喻之妙，在六朝小诗之上。

家住孟津河[1]，门对孟津口。
常有江南船， 寄书家中否？

① 孟津河：孟津所在的黄河。孟津是黄河边的一个渡口，在今河南孟州市西南。

翻译

我家住在孟津的大河边，

门前正对孟津的渡口。
那里常有开往江南的船，
你有书信寄回家中否？

君自故乡来，应知故乡事。
来日绮窗前[①]，寒梅著花未？

---

① 绮窗：雕刻着花纹的窗子。

翻译

你从故乡刚刚到京洛来，
故乡的事你应了然于怀。
你来时我家的明窗之前，
冬梅枝上的花儿是否开？

已见寒梅发，复闻啼鸟声。
愁心视春草，畏向玉阶生[①]。

---

① 玉阶：即石阶。古人常用玉代石，以增强描写的美感。

翻译

才见冬梅开过花，

又听到春鸟嘤咛。

含愁思来看那新生春草，

最怕它玉阶畔日渐青青。

田园乐七首(选二)

这组诗是王维初隐辋川时所作,纯写隐居生活的闲适。如果说王维的五绝重在描写山水之趣,那么,这一组六言诗则写出了田园之乐。这里选其中第四、第六两首。第四首诗中,表现了作者所欣赏的那种古朴淳厚的田园风情,“牛羊自归村巷,童稚不识衣冠”,给人以返朴归真之感。在这世外桃源般的山村中,任何争名逐利的俗念,都会被这里自然率真的情趣所净化。第六首“花落家僮未扫,莺啼山客犹眠”,表现了作者对无忧无虑、无羁无束的田园生活的依恋。作者描写的田园生活虽与现实有较大的差距,但表达了作者的理想及其所追求的生活情趣。这组田园诗风格自在,别具一格,每一句诗写一个景物,句子之间的联系又不太紧密,但通过几个侧面却组成了完整的图画,流露出一个共同的情调,即田园生活中一切都顺应自然,得大自在。

萋萋芳草春绿,落落长松夏寒[①]**。**
牛羊自归村巷,童稚不识衣冠[②]**。**

---

① 落落:舒展貌。夏寒:在炎热的夏日里,深碧的松色给人以寒意,

所以说夏寒。 ② 衣冠：见《和贾舍人早朝大明宫之作》诗注。

翻译

萋萋芳草春来吐绿，
落落长松夏日生寒。
牛羊悠然走回村巷，
儿童不曾见过衣冠。

桃红复含宿雨，柳绿更带朝烟[1]。
花落家僮未扫，莺啼山客犹眠[2]。

---

① 朝烟：指清晨的雾气。朝，原作“春”，据《唐诗品汇》改。 ② 山客：王维自指。

翻译

桃花红润含带着夜雨，
柳色新绿更笼着晨烟。
落花满地家僮还没扫，
黄莺啼晓山客仍高眠。

九月九日忆山东兄弟[1]

本诗原注："时年十七。"这是初去长安时所作。首句点明客居他乡，用了两个"异"字，这是受王勃的启发。王勃《蜀中九日登玄武山旅眺》诗云："九月九日望乡台，他席他乡送客杯。"王维这里"独在异乡"已写出孤独之感，又继之以"为异客"来加重气氛。"每逢"句用笔自然，大不同于王勃诗的拘泥板重。说"每逢"，可见不只是重阳节；说"倍"就不仅写出佳节之思，并将平时无日不思暗示出来。而正因为平时无日不思，才更显出此时思情之重。"遥知"二句构想巧妙，不从自己着笔，而写想象中的情境，只写当家中兄弟们都头插茱萸登高时，就会感到少我一人，而自会油然生起相思相忆之情……两句中含有双重想象，兄弟相关切之情，不言自明。

① 九月九日：即重阳节。古以九为阳数，故曰重阳。这一天人们要做茱萸囊佩戴或插茱萸，爬山登高，饮菊花酒，以为可以延寿。山东：王维本太原祁人，后迁居于蒲县（今山西永济），蒲县在函谷关以东，所以称山东。

独在异乡为异客，每逢佳节倍思亲。

遥知兄弟登高处，遍插茱萸少一人[①]。

---

① 茱萸：即草决明，一名越椒，芳香植物，古人以为可以避灾克邪。

翻译

独自在异乡做异乡来的客子，
每遇到佳节就加倍思亲。
遥想兄弟们今天登高的地方，
遍插茱萸时会想到少我一人。

少年行四首

其　一

《乐府诗集》卷六十六录此四首于《结客少年场行》之后，并引《乐府解题》说："《结客少年场行》，言轻生重义，慷慨以立功名也。"王维这四首乐府诗也意在写少年任侠和杀敌报国。这一组诗完整地反映了少年游侠的精神面貌，似为早年作品。

第一首写少年游侠们的豪爽。他们重义轻财，意气纵横，只要声气相投，哪怕偶然相会，也毫不迟疑，立刻下马登楼，开怀痛饮。全诗节奏明快，情调昂扬，也反映了盛唐气象。首句先从酒的名贵写起，意在衬托游侠的重然诺、轻黄金，用笔极有章法。"相逢"句侧重写他们的精神状态，不惜为知己痛饮。"系马"句，写五陵景色以相映照，骏马绿杨，人物的英美可想。

新丰美酒斗十千①，咸阳游侠多少年②。

相逢意气为君饮，　系马高楼垂柳边。

① 新丰:见《观猎》注“新丰市”。这句夸张酒价,极言酒之名贵。

② 咸阳:在长安西。汉初徙豪侠于咸阳。咸阳附近的汉高祖长陵、惠帝安陵、景帝阳陵、武帝茂陵、昭帝平陵等五陵一带是游侠经常出游的地方。

翻译

新丰美酒一斗价值上万钱,

驰骋咸阳的游侠多是少年。

相逢时意气投合便为君痛饮,

骏马就拴在酒楼下垂柳边。

其　二

这一首写少年游侠随军出征、渴望战死沙场的英雄气概。首二句全借汉朝事来讲,表现少年的报国愿望。诗中侧重写由于现在没有驰骋疆场的机会,所以他向往、期待的情绪更为痛苦。平时的报国心情至此升华到一个更高的境界,想着纵然为国捐躯,也会流芳千古,胜于老死窗牖下。晋张华《博陵王宫侠曲二首》其二:“生从命子游,死闻侠骨香。”结句这里化用其语。

出身仕汉羽林郎[1]，初随骠骑战渔阳[2]。

孰知不向边庭苦，　纵死犹闻侠骨香。

① 羽林郎：汉代禁卫军官名，无定员，掌宿卫侍从，常以六郡（天水、陇西、安定、北地、上郡、西河）世家大族子弟充任。　② 骠骑：指霍去病，曾任骠骑将军。渔阳：古幽州，今天津蓟州区一带，汉时与匈奴经常接战的地方。

翻译

才从军便作汉王朝的羽林郎，
一开始就随霍将军出战渔阳。
谁可知道不能去边关的痛苦，
纵然战死还能留下侠骨芬芳。

其　三

本诗与上首诗相反，是写和曹植《白马篇》中一样的游侠儿，从军边塞立功，在战场上大显身手。“偏坐”二句，造型逼真，少年健儿于马上偏左偏右、从容调箭的情景，如在目前。全诗一气贯注，侧重描写实战动态，并且

“一身”与“千重”是强烈对比，所以能给人完整、深刻的印象。

一身能擘两雕弧①，虏骑千重只似无。

偏坐金鞍调白羽②，纷纷射杀五单于③。

---

① 擘(bò)：张。古时以手张弓曰“擘张”，以脚张弓曰“蹶张”。雕弧：饰有雕画的良弓。 ② 白羽：指箭，尾部饰有白色羽翎。 ③ 五单于：汉宣帝时，匈奴内乱，自相残杀，诸王自立分而为五。这里比喻骚扰边境的少数民族诸王。

翻译

一人能拉开两张雕弓，

敌骑千重全不放在眼中。

偏坐金鞍从容调好羽箭，

不停射去使夷酋无法逃生。

其　四

这首写胜利凯旋，论功受赏。“云台”是东汉洛阳宫中的一座台，明帝时，曾绘开国功臣邓禹等二十八人画像于云台阁上。论战功而在云台，暗示功劳之大；天子临轩，表现场面之盛。这是少年建功立业的理想得以实现的情景，也反映出盛唐诗人普遍的向往与追求。

汉家君臣欢宴终[1]，高议云台论战功。

天子临轩赐侯印[2]，将军佩出明光宫[3]。

---

① 欢宴：指庆功大宴。 ② 轩：殿前栏槛。 ③ 明光宫：汉宫名，武帝太初四年（前 101）秋建。

翻译

朝廷君臣庆功大宴方告终，

高坐在云台论赏将士战功。

天子亲临殿栏赐予侯爵印，

将军佩着印绶走出明光宫。

寒食汜上作[1]

这首诗《国秀集》题作《途中口号》,《文苑英华》作《寒食汜水山中作》,是作者从济州贬所西归,在开元十五年(727)寒食节那天经广武,渡汜水,赴洛阳时所作。古代风俗,寒食节三天不生火,只吃冷食,行旅之人在这时最易触景伤情。王维从开元九年(721)被贬济州,一去数年,开元十五年(727)春始归,旅途中又恰逢寒食节日,自然倍加伤感。此诗的首二句就是直叙这一归途情景,然后移情入景;第三句写暮春百花飘零,山鸟自啼,照应第一句;结句照应第二句,"杨柳青青"与《渭城曲》"客舍青青柳色新"同是衬托寂寞伤情,"渡水人"即汶阳归客,三字写得十分寂寞。

① 汜(sì):发源于今河南巩义市东南,流经荥阳汜水镇西,向北注入黄河。唐时有汜水县。

广武城边逢暮春[1],汶阳归客泪沾巾[2]。
落花寂寂啼山鸟, 杨柳青青渡水人[3]。

① 广武:古城名,是楚汉战争处,故址在今河南荥阳东北广武山上,

汜水从广武山西面流过。 ② 汶阳：春秋时鲁地名，在今山东泰安西南一带。这里指济州。归客：作者自称。 ③ 水：指汜水。

翻译

来到广武城边正逢着三月暮春，
从汶阳归来的客子泪湿衣巾。
落花寂寂无声只听得山鸟啼叫，
两岸杨柳青青有个渡水的人。

戏题辋川别业

这首诗是作者居辋川别业后、未出任右拾遗前所作。从诗中可以看到他经营辋川，不遗余力，极力保持自然生态之美。他一任柳和松的自然生长，并让猴子和香獐有一个适意的生活环境。虽说是戏题，却反映了他万物各适其性、各得其所的思想。全诗通首用对偶，这种手法只有杜甫习用，而在王维诗中却属少见。诗写得活泼闲适，颇能反映辋川还有养育猿、獐的别趣。

柳条拂地不须折，　松树梢云从更长。

藤花欲暗藏猱子[1]，柏叶初齐养麝香[2]。

① 猱(náo)子：小猴。　② 麝(shè)香：指麝香鹿，又名麝，俗称香獐，腹腺分泌一种香液叫麝香，麝喜欢吃柏树叶。

翻译

柳条随它垂到地面不用修整，

松树已经高拂云霄任它更长。

紫藤花开得密了能藏小猿猴，

柏树叶刚刚长齐正好养麝香。

与卢员外象过崔处士兴宗林亭

卢象，开元中著名诗人，常与王维、裴迪等唱和，张九龄执政时被擢为左补阙、司勋员外郎。崔兴宗，王维内弟，当时隐居未仕。本诗或作于开元二十四年（736）十一月张九龄罢知政事前，其后卢象也贬官。诗中赞颂了崔兴宗不合流俗的清高品格。绿阴深浓，青苔日厚，长松之下，毫无纤尘，以隐居所在景物的超俗，映衬人物的性格。“科头”二句，神形兼具，崔兴宗孤高傲世的神情呼之欲出。但这首诗直白少含蓄，清人沈德潜《说诗晬语》说：“诗有当时盛称而品不贵者，王维之‘白眼看他世上人’……此粗派也。”

绿树重阴盖四邻，　青苔日厚自无尘。

科头箕踞长松下①，白眼看他世上人②。

---

① 科头：不戴帽子，把头发挽起髻。箕踞：伸展两脚而坐，形如簸箕。古时坐姿如今跪形，伸足而坐，表示不拘礼法。　② 白眼：形容蔑视拘束于礼法的俗士。《晋书·列传第十九·阮籍》载阮籍能作青白眼，见礼法之士，便以白眼对之。

翻译

绿树重重浓荫遮盖四邻，
青苔一天天增厚无浮尘。
挽髻踞坐在高松之下，
用白眼看那世俗之人。

凉州赛神

开元二十五年(737),王维以监察御史身份出参河西节度使崔希逸幕府,此诗题下原注:“时为节度判官,在凉州作。”与《凉州郊外游望》作于同时。那首诗写凉州居民赛神活动,这首诗写的则是军队自身在凉州城东的赛神活动,反映了当时军旅生活的一个侧面。从“健儿击鼓吹羌笛”的气氛中,人们可以感觉到赛神情绪的热烈。全诗写军事紧张中有娱乐,同时赛越骑神也是一种庆祝胜利和鼓舞士气的举动。

凉州城外少行人,　百尺峰头望虏尘。

健儿击鼓吹羌笛①,共赛城东越骑神②。

① 羌(qiāng)笛:乐器,原出古羌族,竹制,长二尺四寸,有三至五孔。　② 赛:以骑马竞技为内容的报答神的祭祀活动。越骑神:汉武帝时置越骑校尉,以才力超人者为之。唐太宗又以善骑射者为越骑。越骑神即越骑校尉的神,如东汉有越骑校尉赵代曾在此破羌。

翻译

凉州城外很少见到行人，
十丈高峰上瞭望敌人的马尘。
战士们敲着大鼓吹起羌笛，
同在城东祭酬越骑校尉之神。

送韦评事[1]

这首七绝写送人到边塞从军。前两句鼓励友人杀敌立功,写得很有气势,表现了昂扬向上的情调。后两句则把笔锋一转,写塞外萧肃悲凉的景象所引起的思乡愁情。这种写法看似突兀,但作者把从军者立功边塞和思乡怀归这两种特有的心理统一在这首小诗里,用笔凝练,因而具有一定的代表性,并给人以一种悲壮的美感。

① 评事:《新唐书·百官志》载:大理寺设有评事八人,从八品下,掌管评判刑狱。

欲逐将军取右贤[1],沙场走马向居延。

遥知汉使萧关外[2],愁见孤城落日边。

---

① 取:俘获。右贤:指匈奴右贤王。据《史记·卫将军骠骑列传》载:汉车骑将军卫青带兵在夜间包围了右贤王,右贤王带了一些人突围北逃,汉轻骑校尉郭成等人追了几百里终未追上。 ② 汉使:指韦评事。萧关:参见《使至塞上》诗注。

翻译

将要追随将军去攻取右贤，
战场上纵马飞驰奔向居延。
悬想汉家使者在萧关之外，
定愁见孤城独立落日旁边。

送元二使安西[1]

元二奉命出使安西都护府，王维到渭城为他饯行，因作这首七绝。首二句写渭城驿馆风景。当时通西域的驿路上，玉门关内颇植杨柳，“客舍青青柳色新”写眼前之景，清新明丽，洋溢着积极向上的情绪。但当作者一想到老朋友即将分手启程，此去又是“胡烟与塞尘”的绝域，“三春时有雁，万里少行人”(《送刘司直赴安西》)，艰苦异常，不禁悲从中来，转入伤别。却又不着“伤”字，只用举杯劝酒来表达内心最强烈最深沉的惜别之情。结二句看似寻常，其实是用高度浓缩的语言，表达了千古离人心中所共有而谁都不曾说出的感情，因而广为诗人所称道。唐人将这首诗谱成歌曲，称作《阳关三叠》，又叫《渭城曲》。明人李东阳说：“作诗不可以意徇辞，而须以辞达意。辞能达意，可歌可咏，则可以传。王摩诘‘阳关无故人’之句，盛唐以前所未道。此辞一出，一时传诵不足，至为三叠歌之。后之咏别者，千言万语，殆不能出其意之外，必如是方可谓之达耳。”(《麓堂诗话》)

① 元二：杜甫《送元二适江左》诗自注云“元尝应孙吴科举”，可能就是此人。使：出使。安西：见《送刘司直赴安西》题注。

渭城朝雨浥轻尘[①]，客舍青青柳色新[②]。

劝君更尽一杯酒，西出阳关无故人[③]。

① 渭城：见《观猎》诗注。唐代从长安往西去的，多在渭城送别。浥(yì)：湿润。 ② 客舍：驿馆。唐代在驿馆和驿路上遍栽杨柳。 ③ 阳关：见《送刘司直赴安西》诗注。

翻译

渭城的朝雨润湿了浮尘，
驿馆边青青柳色焕然一新。
酌酒劝你再干了这一杯，
西去出了阳关再没有故人。

送沈子福归江东[①]

这是一首送别的诗。古人有折柳赠别的风俗，所以此诗以杨柳起兴，同时也渲染了送别的环境。杨柳渡头行人稀少，景色凄清，而友人这时却将远行，怎能不使人心中惆怅呢？但船夫体会不到离愁，他荡起无情的双桨，载着友人驶向远方。后两句作者以相思比春色，是兴会独至的妙想。船行大江，南北两岸一片春色，作者把相思之情比作这无边的春色，将伴送着友人直到家乡。这与张若虚《春江花月夜》的“此时相望不相闻，愿逐月华流照君”在用意上有相同之处。

① 沈子福：不详何人。江东：见《送丘为落第归江东》题注。

杨柳渡头行客稀，罟师荡桨向临圻[①]。

惟有相思似春色，江南江北送君归。

---

① 罟(gǔ)师：渔夫，此处指船夫。临圻(qí)：临近曲岸之处。圻，通“碕”，曲岸。明嘉靖本洪迈《万首唐人绝句》作“临沂”，为东晋侨置的县名，在今南京江宁东北，与题中的“归江东”合。

翻译

杨柳依依渡口行人已稀，
船夫摇起船桨驶向临圻。
只有相思像岸边的春色，
直到江南江北送你还归。

——菩提寺禁，裴迪来相看，说逆贼等凝碧池上作音乐，供奉人等举声便一时泪下，私成口号，诵示裴迪①

王维被安禄山拘禁于菩提寺，作五绝、七绝各一首。《旧唐书》本传说："贼平，陷贼官三等定罪。维以凝碧诗闻于行在，肃宗嘉之。"所谓凝碧诗，即这首七绝。它所以独得皇帝嘉许，并因此减轻了王维的罪责，原因就在于这首诗集中强烈地表达了作者对亡国的悲痛和对唐皇的思念之情。而在写法上，这首诗也很有特色。作者将玄宗如何奔蜀，安禄山叛军如何攻破长安，安禄山如何在凝碧池作乐等等情节一概舍去，专从"逆贼等凝碧池上作音乐，供奉人等举声便一时泪下"一事立意，通篇只写一个"伤"字。写"伤"的角度也不相同：首二句直抒胸臆，首句从人民着笔，写国破家亡之伤；次句从百官着笔，写不能朝拜天子之伤。三、四句写帝去宫空，秋槐叶落，因逆贼占领京都，勒令乐工作乐凝碧池而悲伤。这种多层次的写法，使作者内心的悲伤得到了最充分的表现。

① 菩提寺：在洛阳城南龙门。天宝十五载(756)六月，安禄山叛军攻陷长安。王维扈从玄宗不及，为叛军所执，不久被缚送洛阳，拘禁于

菩提寺。逆贼:指安禄山。凝碧池:在洛阳禁苑中。供奉:官名。在皇帝左右供职的人称供奉,这里专指宫廷乐工。

万户伤心生野烟[①],百官何日再朝天?

秋槐叶落空宫里, 凝碧池头奏管弦[②]!

---

① 野烟:废墟中的烟火,形容长安遭受战乱破坏,呈现一片荒凉景象。 ② 管弦:管指箫笛一类乐器,弦指琴瑟一类乐器。

翻译

千万家都为满城荒烟伤感悲咽,

群臣们哪天才能再朝拜君颜?

秋天的槐叶飘落在阒寂的深宫,

凝碧池头却在高奏管弦!

中华文史名著精选精译精注（全民阅读版）已出书目

书　名	导读人	审阅人
贾谊集	徐超、王洲明	安平秋
司马相如集	费振刚、仇仲谦	安平秋
张衡集	张在义、张玉春、韩格平	刘仁清
三曹集	殷义祥	刘仁清
诸葛亮集	袁钟仁	董治安
阮籍集	倪其心	刘仁清
嵇康集	武秀成	倪其心
陶渊明集	谢先俊、王勋敏	平慧善
谢灵运鲍照集	刘心明	周勋初
庾信集	许逸民	安平秋
陈子昂集	王岚	周勋初、倪其心
孟浩然集	邓安生、孙佩君	马樟根
王维集	邓安生等	倪其心
高适岑参集	谢楚发	黄永年
李白集	詹锳等	章培恒
杜甫集	倪其心、吴鸥	黄永年
元稹白居易集	吴大逵、马秀娟	宗福邦
刘禹锡集	梁守中	倪其心
韩愈集	黄永年	李国祥
柳宗元集	王松龄、杨立扬	周勋初
李贺集	冯浩菲、徐传武	刘仁清
杜牧集	吴鸥	黄永年

续表

书　名	导读人	审阅人
李商隐集	陈永正	倪其心
欧阳修集	林冠群、周济夫	曾枣庄
曾巩集	祝尚书	曾枣庄
王安石集	马秀娟	刘烈茂、宗福邦
二程集	郭齐	曾枣庄
苏轼集	曾枣庄、曾弢	章培恒
黄庭坚集	朱安群等	倪其心
李清照集	平慧善	马樟根
陆游集	张永鑫、刘桂秋	黄葵
范成大杨万里集	朱德才、杨燕	董治安
朱熹集	黄珅	曾枣庄
辛弃疾集	杨忠	刘烈茂
文天祥集	邓碧清	曾枣庄
元好问集	郑力民	宗福邦
关汉卿集	黄仕忠	刘烈茂
萨都剌集	龙德寿	曾枣庄
王阳明集	吴格	章培恒
徐渭集	傅杰	许嘉璐、刘仁清
李贽集	陈蔚松、顾志华	李国祥、曾枣庄
公安三袁集	任巧珍	董治安
吴伟业集	黄永年、马雪芹	安平秋
黄宗羲集	平慧善、卢敦基	马樟根
顾炎武集	李永祜、郭成韬	刘烈茂
王士禛集	王小舒、陈广澧	黄永年
方苞姚鼐集	杨荣祥	安平秋
袁枚集	李灵年、李泽平	倪其心
龚自珍集	朱邦蔚、关道雄	周勋初